Der große Fritz und die Tanten
- und noch mehr Pfötchen

Ich danke unserer lieben Nachbarin, Frau C. Hennings, für das Korrekturlesen des Manuskriptes.

Mein besonderer Dank gilt dem Züchter Peter Bäcker für all die vielen wertvollen Ratschläge, Hinweise und Denkanstöße, ohne die uns vieles nicht so leicht von der Hand gegangen wäre.

Adelheid Jack

Der große Fritz und die Tanten - und noch mehr Pfötchen

Neue Abenteuer

Noch ein Buch über die
Großen Schweizer Sennenhunde der Familie J.

Bibliografische Information der Deutschen National-bibliothek:
Die Deutsche Nationalbibliothek verzeichnet diese Publikation in der Deutschen Nationalbibliografie; detaillierte bibliografische Daten sind im Internet über http://dnb.dnb.de abrufbar.

© 2017 Adelheid Jack

Illustration: Adelheid Jack

Herstellung und Verlag: BoD – Books on Demand, Norderstedt

ISBN: 978-3-7460-3527-7

Vorwort

Nach Erscheinen des ersten Buches über unsere drei Großen Schweizer Sennenhunde war schnell klar, dass alle wissen wollten, wie es weitergeht.

Schließlich erwartete uns nach Tante Hedwigs erfolgreich bestandener Körung und der Gründung der offiziell anerkannten Zuchtstätte „von der Aachener Kaiserpfalz" ja noch eine Menge größerer Aufgaben.

Wir haben in den darauf folgenden Monaten viel erlebt und viel geleistet, und nun gehört auch eine Hündin aus eigener Zucht zu unserer Familie: Adelgunde von der Aachener Kaiserpfalz, die Tochter von C-Fritz von der Ostrauer Schlossinsel und Tante Hedwig von der Schlossinsel.

Adelgunde ergänzt und vervollständigt unser Rudel auf sehr harmonische Weise.

Neulich fragte mich jemand, ob das nicht alles zu viel Arbeit wäre und ob ich vielleicht den einen oder anderen Hund nicht lieber abgeben würde.

Ein Leben ohne unsere Großen Schweizer oder auch nur mit einem Großen Schweizer weniger? Undenkbar!

Der große Fritz und die temperamentvolle Tante Hedwig sind die tragenden Säulen unserer Zucht, die kleine Adelgunde ist die Zukunft, und Tante Lotte ist und bleibt unsere stets gut gelaunte Unterstützung.

Die Akteure:

Fritz (der beste aller Fritzleins)

Tante Hedwig

Tante Lotte

Adelgunde (Kleinteil)

In den Nebenrollen:

Herrchen, genannt „der Bärtige"
Frauchen, genannt „die Bezopfte"

Prolog

Tante Lotte: Sie hat schon wieder ein Buch über uns geschrieben.

Tante Hedwig: Hoffentlich nicht wieder nur Märchen und Verleumdungen.

Tante Lotte: Ich bin mir sicher: wir kommen dabei wieder sehr schlecht weg.

Adelgunde: Mich betrifft das nicht. Ich war immer lieb und habe nie etwas Schlimmes angestellt.

Fritz: Das kann ich bestätigen. Die Bezopfte hat sich sogar schon zu der Äußerung hinreißen lassen, dass sie das ziemlich langweilig fände.

Tante Hedwig: Wenn die Bezopfte sich langweilt, können wir das sehr schnell ändern. Das ist eine unserer leichtesten Übungen.

Adelgunde: Was hättest du denn zum Beispiel vorzuschlagen?

Fritz: Ich will es lieber gar nicht wissen.

Tante Hedwig: Lasst euch überraschen!

Teil 1 - Unser A-Wurf

Mittwoch, 17.08.2016

Um 22:30 Uhr Ortszeit haben Tante Hedwig und der beste aller Fritzleins auf dem Treppenabsatz zum Garten hinunter geheiratet.

Während die beiden Liebenden noch auf das Innigste verbunden sind und Frau J. ihnen dabei zur Seite steht, fühlt Tante Hedwig sich bemüßigt und auch durchaus in der Lage, dem Ursprung eines raschelnden Geräusches im Gebüsch im hinteren Teil des Gartens nachzugehen. Vor ihrem geistigen Auge sieht Frau J. sich und beide Hunde bereits die Böschung hinunterkugeln und in die Brombeerhecke stürzen.

So ist die Stimme der Frau J. - „bleib schön stehen, Hedwig, es ist alles okay, bleib schön stehen" - einen nicht unbeträchtlichen Zeitraum weithin durch die Abenddämmerung zu hören, so dass auch die weiter entfernt wohnende Nachbarschaft über die Vorgänge im Garten der Familie J. bestens informiert ist.

Samstag, 20.08.2016

Tante Hedwig, die mit dem festen Vorsatz, etwas Essbares zu ergattern, in der Küche erscheint, wird von ihrem Bräutigam wiederholt bedrängt.

Sie macht ein so böses Gesicht, wie ich es seit der Landesgruppenschau vor zwei Jahren in Oberhausen nicht mehr gesehen habe[1], und erklärt ihrem Ex-

---

[1] siehe „Der große Fritz und die Tanten - Mit 12 Pfoten durch's Jahr"

Ehemann unmissverständlich, dass ihre Liaison beendet ist.

Sonntag, 21.08.2016

7:45 Uhr: Fritz entdeckt ein lange vergessenes Körperteil wieder: seinen Magen. Nun gilt es, den Rückstand von fünf Tagen aufzuarbeiten.

12:00 Uhr: Fritz liegt in seinem Korb und rührt sich nicht. Das einzige, was sich noch bewegt, sind seine Augen. Vermutlich sind das in dem Körper dieses unermüdlichen Liebhabers die einzigen Muskeln, die keinen Kater haben.

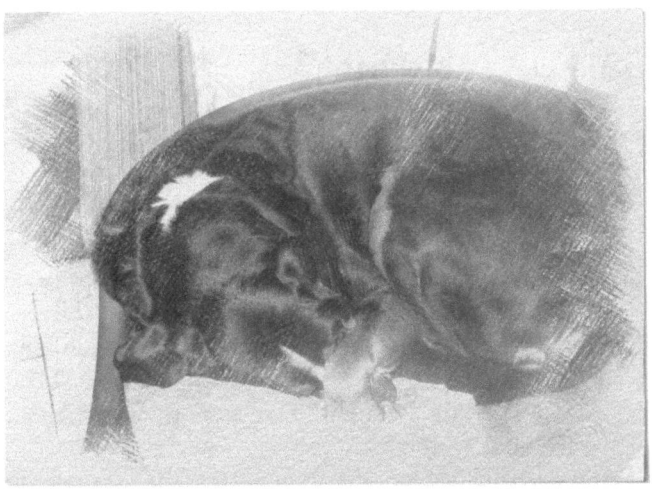

Freitag, 16.09.2016

Die Meinungen über die adäquate Ernährung einer Schwangeren gehen in diesem Hause anscheinend sehr auseinander. Tante Hedwig ist der Auffassung, dass sie nicht ausreichend beköstigt wird, und organisiert für sich und ihre ungeborenen Kinder drei Brötchen von der Anrichte in der Küche.

Da ihre Schwester zur Zeit anderweitige Interessen hat, fühlt sich Tante Lotte jetzt für die Hausordnung im Hause J. zuständig. Schon mehrfach hat sie das Welpengesicht, das so frech vom September-Kalenderblatt herunterschaut, warnend angeknurrt.

Sonntag, 18.09.2016

Tante Lotte: Sag mal, Hedwig, was machen die Bezopfte und der Bärtige da eigentlich?

Tante Hedwig: Ich weiß es auch nicht so genau. Eben haben sie eine riesige Holzplatte und einen Haufen Bretter aus dem Auto geladen und durch das Haus auf die Terrasse geschleppt.

Tante Lotte: Jetzt stehen sie da und beratschlagen. Kommt, lasst uns mal gemütlich an der Terrassentür Platz nehmen. Das könnte unterhaltsam werden.

Fritz: Sie diskutieren ziemlich heftig. Sie können sich wohl nicht einigen.

Tante Lotte: Sie fuchtelt mit den Armen und redet und redet, und er sieht genervt aus.

Tante Hedwig: Hihi, tolles Unterhaltungsprogramm. Das mag ich!

Guck mal, die Bezopfte hat dem Bärtigen den Zollstock aus der Hand genommen und runzelt die Stirn.

Tante Lotte: O weh, streiten die sich jetzt?

Fritz: Nö. Das ist bei Menschenpaaren wohl üblich, dass, wenn die zusammen was konstruieren, der eine dem anderen immer zeigen will, wie man es besser macht.

Die Bezopfte: Fritz, halt die Klappe! Wenn es alles richtig zusammenpassen soll, werde ich es wohl besser nochmal nachmessen.

Und du, Tante Hedwig, hör auf zu feixen. Schließlich soll das deine Wurfkiste werden.

Tante Lotte: Oh, eine Wurfkiste. Was ist das?

Tante Hedwig: Hmmm, dieses Wort hab ich doch schon mal gehört…[2]

Fritz: Darin werden unsere gemeinsamen Kinder geboren, mein Schatz.

Tante Hedwig: Wenn das so ist, dann muss sie gut werden. Dann muss die Bezopfte aufpassen, dass alles richtig zusammenpasst. Und dann muss der Bärtige -

Der Bärtige: Schluss jetzt!! Wo sind die Welpengitter?

Die Bezopfte: Die stehen in der Garage. Warum?

Der Bärtige: Ich glaube, ich werde sie jetzt aufbauen.

Die Bezopfte: Jetzt schon? Wieso?

Der Bärtige: Da sperre ich euch alle ein, Zweibeiner und Vierbeiner, und decke ein großes Tuch darüber. Dann könnt ihr nichts mehr sehen und auch

---

[2] siehe „Der große Fritz und die Tanten - Mit 12 Pfoten durch's Jahr"

keine dummen Kommentare mehr abgeben. Und ich kann endlich in Ruhe arbeiten.
Die Bezopfte und die Tanten verlassen gekränkt die Szene.
Einzig der große Fritz bleibt standhaft auf der Terrasse und signalisiert dem Herrn des Hauses, dass die Männer gegen dieses aufsässige Weibervolk zusammenhalten müssen.

Freitag, 30.09.2016

Tante Hedwig holt uns jetzt jede Nacht mehrfach aus dem Bett.
„Ich muss mal Pipi."
„Ich muss mal groß."
„Ich bin hungrig."
Und Tante Lotte ist immer sofort mit dabei - man könnte ja was verpassen.

Samstag, 01.10.2016

Dem nächtlichen Harndrang kann man begegnen, indem man den Tanten „Die Blümelein, sie schlafen", „Guten Abend, gut' Nacht" und ähnliches Liedgut vorsingt.
Dann rühren sie sich die ganze Nacht nicht mehr aus Angst, ich könnte aufwachen und weitermachen.

Die Sache mit der Welpen-Waage

Ich habe vom Dachboden die mechanische Babywaage geholt, mit der schon meine Mutter vor langer Zeit meine körperliche Entwicklung und die meiner Geschwister kontrolliert hat.
Ich finde, wir sollten diese Waage für die Kontrolle von Hedwigs Kinderlein benutzen, teils aus Nostalgiegründen, teils weil die geeichte Feinmechanik immer noch voll funktionsfähig ist, weil die fachmännische Benutzung dieser Apparatur mich fasziniert, weil sie nun schon mal vor Ort ist, und überhaupt...
Das Schätzchen hat schon etliche Jahre auf dem Bukkel und entsprechend Patina angesetzt. Ich stelle die Waage auf dem Küchentisch ab und hole Reinigungsmittel und ein Tuch, um sie wieder in einen optimalen Betriebszustand zu versetzen.
Der Herr des Hauses nähert sich sehr interessiert. Auch die Hunde lassen sich unmittelbar neben mir nieder; ungewöhnliche Aktivitäten in der Küche sind immer einer besonderen Aufmerksamkeit wert.
Wir rätseln eine Weile gemeinsam, wie die Waage zu bedienen ist, legen hier und dort Hand an, schieben

die einzelnen Justiergewichte hin und her und amüsieren uns über den erheblichen Zeitaufwand, den die Waage zum Austarieren braucht. Ob mich meine Erinnerung, dass Einstellung und Benutzung der Waage innerhalb kürzester Zeit abgeschlossen waren, trügt?

Nachdem sich nach einem gefühlt ewig dauernden Zeitraum das Gleichgewicht endlich eingestellt hat, ziehen wir diverse Gegenstände zur Gewichtskontrolle heran.

Erster Kandidat ist eine nicht angebrochene Packung Zucker, deren Gewicht uns bekannt ist.

Wir warten auf das Einstellen eines Gleichgewichtes, nehmen dann die Einstellungen entsprechend vor und stellen fest: der Kandidat wiegt ein Kilogramm.

Ich bemängele, dass bei einer Anzeige eines Gewichts von einem Kilogramm das Gewicht der Umverpackung offensichtlich nicht berücksichtigt ist, und es entsteht eine heiße Diskussion, wie genau die Waage anzeigen kann und wie genau das Gewicht von Tante Hedwigs Kindern angezeigt werden muss. Darüber hinaus argwöhne ich, dass der Versuch mit Kandidat Nr. 1 keinen praxisnahen Test darstellt, da das Gewicht bereits im Vorfeld bekannt war.

Kandidat Nr. 2: meine ledernen Gartenhandschuhe bzw. das, was die kleine Tante Hedwig seinerzeit davon übrig gelassen hat. Nach Austarieren und gewissenhaftem Verschieben der einzelnen Gewichtszylinder ermittelt der Herr des Hauses ein Gewicht von 105 Gramm. Ich ziehe zur Überprüfung dieser Angabe meine elektronische Küchenwaage heran; sie zeigt unmittelbar nach Einschalten ein Gewicht von 87 Gramm. Diese Differenz sowohl in Zeitdauer als auch in Gewichtsangabe ist in meinen Augen nicht akzeptabel. Dann stellt sich heraus, dass es sich bei den 105 Gramm um einen Ablesefehler handelt.

Als Kandidat Nr. 3 muss die Flasche mit dem Reinigungsmittel herhalten, die vom Entfernen der Waagen-Patina noch auf dem Tisch steht. Der Herr des Hauses äußert sein Unverständnis darüber, dass die Flasche mit einem auf dem Etikett angegebenen Inhalt von 175 ml laut der mechanischen Waage nur 115 Gramm wiegt. Er wird darüber aufgeklärt, dass die Flasche bereits in Gebrauch war und inzwischen etwa zur Hälfte leer ist. Die Gegenprobe auf der elektronischen Waage ergibt 102 Gramm.

Da es sich diesmal nicht um einen Ablesefehler handelt, bin ich sehr unzufrieden.

Weiterhin mutmaße ich, dass ich bei meiner Überprüfung der Gewichtszunahme von Hedwigs Kindern sehr schnell in arge Bedrängnis geraten werde. Wenn ich den letzten Welpen des Wurfes endlich erfolgreich gewogen habe, werde ich den ersten erneut wiegen müssen, da er in der Zwischenzeit im Vergleich zu seinem zuletzt ermittelten Gewicht bereits beträchtlich zugenommen haben wird.

Außerdem ist eine vollständige Ruhigstellung der Welpen bis zum erfolgreichen Austarieren der Waage mit zunehmendem Alter eher unwahrscheinlich.

Diese Untersuchungsreihe hat inzwischen mehr als anderthalb Stunden Zeit gekostet. Die Hunde haben sich bereits nach der Hälfte der Zeit gelangweilt verzogen.

Gemeinsam beschließen wir, entgegen jedem Nostalgiegedanken der modernen Technik den Vorzug zu geben, und ordern per Online-Kauf eine entsprechend geeignete Digitalwaage. Dauer: 5 Minuten.

Sonntag, 16.10.2016

Es ist alles vorbereitet. Die Wurfkiste steht aufgebaut im Wohnzimmer, ausgerüstet mit Heizkissen und Rotlichtlampen, damit die Kleinen nicht frieren müssen. Auf der Fensterbank über dem Heizkörper liegen angenehm angewärmt Berge von Betttüchern, Handtüchern, Waschlappen und was man sonst noch braucht.

Welpenwaage, etliche Rollen Küchenkrepp und weitere möglicherweise erforderliche Utensilien stehen ebenso bereit wie Extra-Näpfe für die Mutter und ein Kühlhalsband, falls es ihr zu warm wird.

Die bunten Halsbändchen, mit denen wir die Kleinen nach ihrer Geburt kennzeichnen werden, um sie unter-

scheiden zu können, sind in ausreichender Zahl vorhanden. Wie viele wir wohl brauchen werden?
Wir warten.

Dienstag, 18.10.2016

Die Vorbereitungsphase mit
- Löcher buddeln (der arme Rhododendron!),
- diese ständig aufsuchen und kontrollieren (nur blöd, das Tante Lotte eins davon als Latrine benutzt hat),
- zunehmender Unruhe (besonders nachts),
- häufigem Rauswollen zum Pipimachen (gibt es eigentlich Katzenklappen, die für große Hunde geeignet sind? Heißen die dann Tigerklappe?),
- den Versuchen, unter den Tisch, unter das Bett, unter das Sofa zu kriechen (unter das Sofa?? Meine Güte, Tante Hedwig, du bist doch kein Zwergdackel!!),
lief ab wie im Lehrbuch beschrieben.

Die Eröffnungsphase beginnt am Morgen des 18.10. Mir ist schon am Abend vorher aufgefallen, dass Tante Hedwigs Beckenknochen plötzlich zu sehen sind, weil ihre „inneren Werte" sich gesenkt haben.
Den halben Tag läuft Tante Hedwig stark hechelnd durch das Haus auf der Suche nach einem geeigneten Wurfplatz, geistig abwesend, nicht ansprechbar und grantig, denn in den Garten zu ihren tollen Löchern darf sie nicht mehr.

Soweit wie aus dem Lehrbuch. Von Futterverweigerung ist allerdings gar nichts zu bemerken, im Gegenteil!

Immer wieder ertappe ich mich, mit Blick auf die Uhr, nachrechnend: Wann hat sie angefangen mit diesem Verhalten? Um acht? Die Eröffnungsphase dauert gemäß Lehrbuch ca. 12 Stunden. 8 + 12 = 20. Um 20 Uhr geht es also los? Aber hat sie dieses starke Hecheln und die Unruhe nicht auch schon in der Nacht gezeigt? Gegen halb eins, als der James Bond-Film zuende war und ich dachte, ich könnte jetzt zu Bett gehen und ungestört schlafen? (Ungestört schlafen? Ha ha ha, selten so gelacht.)

Also noch mal neu rechnen: 0:30 + 12 = 12:30 Uhr? Halb eins ist aber schon durch.

Oder hat sie erst um vier angefangen, als ich sie nochmal rauslassen musste? Wieder neu rechnen...

Wann hört Tante Hedwig denn endlich auf, nach Futter zu fragen? Denn vorher beginnt sie sowieso nicht mit dem Werfen. Oder doch?

Dann fällt mir zu genau diesem Thema eine Dissertation zur Erlangung des Doktorgrades in der Veterinärmedizin aus unserem Bücherschrank in die Hände. Fein, dann kann ich dort mal nachlesen.

Leider ist das keine gute Idee. Es werden mehrere Fachautoren zitiert; von 6 bis 12 Stunden über 10 bis 18 Stunden bis hin zu 24 bis 36 Stunden ist alles dabei. (Freie Auswahl, suchen Sie sich aus, was Ihnen am besten gefällt...)

Dann ruft Züchter B. an, um sich nach dem Stand der Dinge zu erkundigen, und wird bombardiert mit Fragen. Er sagt, dass Tante Hedwig immer noch vehement ihr Futter einklagt, sei kein ausreichendes Indiz dafür, dass es mit der Niederkunft noch länger dauert;

es gibt auch Hündinnen, die würden sogar während der Geburt ihrer Kinder noch fressen, wenn man es ihnen denn erlauben würde. Ja, dass Tante Hedwig zu eben dieser Spezies gehört, kann ich mir sehr gut vorstellen!

Ihr sonstiges Verhalten veranlasst Züchter B. zu der Aussage „das wird heute losgehen". Ich muss mich beherrschen, um nichts Schnippisches zu erwidern; so weit war ich mit meinen Erkenntnissen schließlich auch schon.

Die Wurfkiste findet Tante Hedwig doof. Mit ein paar Hundekeksen kann ich sie zwar überreden, hinein zu gehen, aber ihre Kinder darin zur Welt bringen? Nein, das geht auf gar keinen Fall!

Der Platz zwischen Wurfkiste und Sofa ist viel besser. Na gut, ich lasse mich überreden und lege ihr Schlafpolster in diese Ecke. Zur Hölle mit dem Teppichboden. Der soll sowieso raus.

Tante Hedwig legt sich sofort auf das Polster und schläft ein.

Ich sitze neben ihr auf dem Sofa und denke, dass ich einen Fehler gemacht habe. Für Tante Hedwig habe ich alles besorgt, was an Medikamenten eventuell erforderlich oder hilfreich sein könnte; aber ein Mittel zum Wiederaufbau meines ruinierten Nervenkostüms habe ich vergessen.

Es ist kurz vor vier Uhr nachmittags.

*****

Gegen halb fünf ist Tante Hedwig hellwach und äußerst agil. Verbissen kramt sie in ihrem Winkel zwischen Wurfkiste und Sofa herum - sie geht runter vom

Polster und gleich wieder drauf, sie scharrt die Decke nach links und nur Sekunden später nach rechts, sie dreht sich wie ein Kreisel und lässt sich ächzend nieder, nur um gleich darauf wieder aufzustehen und von vorne anzufangen.

Der große Fritz und Tante Lotte haben sich verdrückt. Anscheinend ist ihnen das unstete Verhalten ihrer Gefährtin suspekt.

Aus den Augenwinkeln verfolge ich Tante Hedwigs Aktivitäten und mache ein möglichst unbeteiligtes Gesicht, damit sie sich nicht beobachtet fühlt.

*****

Es ist 16:50 Uhr. Tante Hedwig hat sich mit der Schulter ans Sofa gelehnt, legt den Kopf in den Nakken und zieht die Lefzen nach hinten. Ich beuge mich über sie und sehe, dass die Decke, auf der sie hockt, nass ist. Dann entdecke ich unter ihrem Allerwertesten etwas, was vorher nicht dort war - das erste Kind ist da!!

Da wir auf dem Polster zu zweit keinen Platz haben, steige ich kurzerhand in die Wurfkiste und beuge mich über die Trennwand, um nach Tante Hedwig zu sehen, die nach kurzem Erstaunen über dieses feuchtwarme Etwas unverzüglich angefangen hat, ihr erstes Kind auszupacken und abzunabeln.

*****

17:00 Uhr. Tante Hedwig kämpft noch mit der Nachgeburt, als plötzlich das zweite Kind auf der Decke liegt.

22

Jetzt muss die frischgebackene Menschenmama helfen. Während ich das Hündlein auspacke und abnabele, zittern meine Hände vor Aufregung. Alle nötigen Utensilien und Hilfsmittel liegen seit Tagen bereit, aber für mich, die in der Wurfkiste hockt und für das kleine Wesen beide Hände benötigt, unerreichbar.

Tante Hedwig ist unschlüssig, um wen sie sich zuerst kümmern soll - um ihr Erstgeborenes, um ihr Zweitgeborenes oder um das Nervenbündel, das neben ihr halb aus der Welpenkiste heraushängt und knapp an ihrem rechten Ohr vorbei mit schriller Stimme nach Nabelklemme und Zwirnsfaden, Handtüchern und Küchenkrepp schreit.

Später wird der Herr des Hauses sagen: „Meine Frau hat einen guten Job gemacht, aber der Kasernenhofton hätte nicht unbedingt sein müssen."

Dann sind beide Kindlein ausgepackt und trocken, und ich lege sie vor den Augen ihrer Mutter in die Wurfkiste. Jetzt ist Tante Hedwig gnädig bereit, die vom Herrn des Hauses mit so viel Liebe und Mühe geschreinerte Kiste zu betreten und als Kreißsaal und Kinderstube zu akzeptieren.

Eine meiner heimlichen Befürchtungen bestätigt sich nicht: ich kann Männlein und Weiblein auf Anhieb sicher voneinander unterscheiden. Das Erstgeborene ist ein Rüde, das Zweite ein Weibchen.

Und ich weiß jetzt, was eine Sturzgeburt ist.

*****

Die Hündin kriegt die Kinder, und das Frauchen hockt in der Wurfkiste.

Die Hündin war schwanger, und das Frauchen hat Schwangerschaftsstreifen - da, wo sie mit dem Bauch über der Kante von der Seitenplatte der Wurfkiste hing.
Verkehrte Welt.

*****

Die nächsten beiden Geschwister haben in der Wurfkiste das Licht der Welt erblickt. Dann gerät der Verlauf etwas ins Stocken.
Also muss ich der werdenden Mutter etwas Bewegung verschaffen.
Ich nehme Tante Hedwig an die Leine, hänge mir ein Handtuch über die Schulter, packe Taschenlampe und sonstige eventuell erforderliche Utensilien in die Bauchtasche meines Kapuzenshirts, und wir gehen gemeinsam hinunter in den Garten.
Es ist inzwischen stockdunkle Nacht, es ist kalt und regnet in Strömen.
Kaum haben wir die Treppenstufen hinter uns gelassen, geht Tante Hedwig in die Hocke. Baby Nr. 5 drängt auf die Welt.
Mit der Taschenlampe zwischen den Zähnen fange ich mit beiden Händen das nasse Bündel auf, damit es nicht in die Brennnesseln fällt, und halte es der Mutter zum Auspacken, Abnabeln und Putzen hin.
Dass dabei meine Hände immer wieder in die Brennnesseln gedrückt und von diesen ausgesprochen feindselig attackiert werden, nehme ich gern in Kauf.
Die Nachgeburt lassen wir in der Wiese für den Marder liegen. Der Lump hat zwar zwei meiner Laufenten

auf dem Gewissen, aber heute Nacht gönne ich ihm seine Beute.

Dann schaffe ich es irgendwie, das Handtuch von meiner Schulter zu ziehen und den kleinen Rüden darin einzuwickeln, während ich mit einer Hand immer noch Tante Hedwigs Leine fest umklammert halte. Es könnte ja sein, dass sie die angrenzende Brombeerhecke als neue Wurfstätte wählt und darin, unerreichbar für mich, verschwindet.

Im Nachhinein schäme ich mich allerdings ein wenig für diese Verdächtigung; denn das Vertrauen, das Tante Hedwig mir in diesen Stunden entgegenbringt, ist riesig.

Ich schicke sie vor mir her die Treppe hoch. Anfangs dreht sie sich zu mir um, um sicher zu gehen, dass ich ihr mit ihrem Kind auch wirklich folge. Doch auf mein beschwichtigendes „Ja, keine Angst, Hedwig, ich komme mit, und ich bring auch dein Söhnchen mit" läuft sie beruhigt zurück ins Haus.

*****

Am Ende des Tages sind acht kleine Welpen da, vier Jungs und vier Mädels.

Vor der Geburt des achten Welpen treten Hedwig und ich noch einmal einen Gang in den Garten an, aber das Mädchen hat es eilig und kommt bereits auf der Terrasse zur Welt.

Dass dieses Mädel unsere Adelgunde ist und eine besonders neugierige Vorliebe für unsere Terrasse entwickeln wird, weiß zu diesem Zeitpunkt noch niemand.

Donnerstag, 20.10.2016

Ich sitze gerade neben der Wurfkiste am Laptop. Immer wieder muss ich den Blick vom Bildschirm abwenden, um nachzuschauen, was die neun in ihrer Kiste so treiben. Und ich muss auch immer aufstehen und nachzählen, ob noch alle da sind. Und ob es nicht zu warm oder zu kalt ist. Und ob Tante Hedwig etwas braucht. Und ich muss immerzu diese kleinen Schwänzchen bewundern, diese schwarzen Regenwürmchen mit dem weißen Zipfel. Und ein paar Freudentränchen verdrücken.

Montag, 24.10.2016

Züchter B. ruft an und erkundigt sich nach dem allgemeinen Befinden.

Während Tante Hedwig unermüdlich und höchst professionell ihre Rolle als Mutter erfüllt, entwickle ich anscheinend eine Art Baby-Blues - ich schwanke ständig zwischen Euphorie und Angst.

Die telefonische Betreuung ist sehr willkommen und äußerst wertvoll.

Später höre ich zufällig ein Telefongespräch mit, in dem mein Mann sagt: „Im Moment läuft alles bestens. Aber sie wird bestimmt in Kürze wieder etwas finden, um in Panik zu geraten", und dann höre ich Lachen am anderen Ende der Leitung.

So eine Frechheit!

*****

Seit dem Tag seiner Geburt schläft Herr Lila am liebsten völlig entspannt auf dem Rücken liegend. Weder er noch wir ahnen, dass es genau diese Angewohnheit ist, die seinem zukünftigen Frauchen die Entscheidung, welcher Welpe es sein soll, so leicht macht.

*****

Herr Hellblau, unser Erstgeborener, ist sehr verfressen. Immer der erste an Mutters Milchbar und immer der letzte. Sein pralles Bäuchlein ist bemerkenswert. Wenn er die Gelegenheit dazu hat, leckt er sogar die Mäulchen seiner Geschwister sauber.

*****

Tante Hedwig und die Welpentemperatur sind nicht kompatibel. Was für die Welpen angenehm ist, ist für sie zu warm; was für sie angenehm ist, ist für die Welpen zu kalt. Also haben wir die Raumtemperatur gedrosselt, die Dauerbefeuerung mit dem Rotlicht auf zeitweisen Betrieb (nach Bedarf) umgestellt und das Heizkissen in eine Ecke der Wurfkiste gelegt. Und was macht Tante Hedwig? Legt sich genau auf die Stelle mit dem Heizkissen und leidet vor sich hin.

*****

Frl. Dunkelblau kann ihre Klappe nicht halten. Sie grunzt, maunzt und meckert ständig, sogar während des Säugens. Und tobt und dreht sich an der Zitze herum wie auf einem Karussell.

*****

Ob aus diesen winzigen, aufrecht stehenden Teddybä-ren-Öhrchen wirklich einmal die mittelgroßen, drei-eckigen Schlappohren nach FCI-Standard werden? Im Moment kann ich es mir nur schwer vorstellen.

Montag, 31.10.2016

Die kleinen Maulwürfe öffnen ihre Augen.
Der Herr des Hauses erwägt einen Termin beim Fri-seur, damit die Kleinen sich vor ihm nicht erschrek-ken.

*****

Alle acht haben schöne dunkle Augen. Wie ihr Papa.

Dienstag, 01.11.2016

Ich bin erstaunt, wie problemlos die Welpen ihre erste Wurmkur über sich ergehen lassen, und kann gar nicht glauben, was daran so schwierig sein soll.
Ich weiß gar nicht, warum Züchter B. so lacht, als ich ihm am Telefon großspurig von meinem Erfolg berichte.

Freitag, 11.11.2016

Balgen, raufen, bellen, knurren, sich gegenseitig beknabbern und umwerfen kann die achtköpfige Bande
inzwischen sehr gut.

Herr Lila hat es bereits geschafft, aus der neben der
Wurfkiste stehenden Kunststoffwanne mit ihren
50 cm hohen, senkrechten, glatten Wänden auszusteigen. In diese Wanne setze ich die Kleinen immer
dann, wenn ihre Mutter fressen oder in den Garten
möchte, damit sie die Wurfkiste bequem, und ohne
ihre Kinder versehentlich zu treten, verlassen kann.

Als Tante Hedwig und ich aus der Küche zurück-
kommen, erwartet Herr Lila uns freudestrahlend mitten im Wohnzimmer.

Herr Rot hat sich ebenfalls eigenmächtig auf einen
Ausflug ins Wohnzimmer begeben und dort Bekannt-
schaft mit Tante Lotte gemacht. Die arme Tante Lotte
weiß gar nicht, wie ihr geschieht. Sie wollte doch nur

mal schnuppern und kriegt eine volle Breitseite Geknurre ab. Von einem, der zehnmal kleiner ist als sie.

*****

Aus Gründen der Bequemlichkeit habe ich Tante Hedwig den gefüllten Napf in die Wurfkiste gestellt. Die Kleinen zeigten ein reges Interesse an dessen Inhalt und waren teilweise nur mit Mühe davon abzuhalten, hineinzusteigen und sich zu bedienen.
Also habe ich den Kindern gezeigt, dass sie Fleischfresser sind. Sie haben mit Freude eine ordentliche Portion Roastbeef-Tatar verputzt.
Ihre Tischmanieren lassen allerdings sehr zu wünschen übrig. Wenn man nicht höllisch aufpasst, pflügt die gefräßige Bande mit aufnahmebereit geöffneten Mäulern quer über den Teller und saugt ein, was im Weg liegt. Daran werden wir arbeiten müssen.

Dienstag, 15.11.2016

Die zweite Wurmkur steht an. Die Prozedur gestaltet sich schwierig, da den Kinderchen das offenbar nicht besonders lecker schmeckende Präparat inzwischen bereits bekannt ist.

Das unterschiedliche Verhalten der Geschlechter bei den Hunden ist den entsprechenden Charakteristika des Homo sapiens verblüffend ähnlich. Während die Weibchen sich dem Unvermeidlichen fügen und das Entwurmen vergleichsweise klaglos über sich ergehen lassen, müssen die Rüden strampeln, spucken und jammern und sind ihrer persönlichen Meinung nach insgesamt dem Tode geweiht.

Zum Ende der Veranstaltung hat meine Hose so viel von dem Präparat abbekommen, dass ich nicht weiß, ob für die dritte Wurmkur überhaupt noch genügend übrig ist.

Freitag, 18.11.2016

Herr Gelb hat in meinen großen Zeh gebissen und versucht, ihn totzuschütteln.

*****

Tante Lotte möchte so gerne mit ihren Nichten und Neffen spielen. Aber die Mutter erlaubt nicht einmal einen kurzen Blick auf ihre Kinder, ohne ein bedrohliches Gesicht zu machen.

Montag, 21.11.2016

Die erste Nacht ohne ihre Mutter. Tante Hedwig schläft einen erholsamen Schlaf in ihrem eigenen Bett. Aber keine Angst - ich bin da. Die ganze Nacht.

*****

Es ist an der Zeit, dass die Welpen in den Genuss des täglichen Aufenthaltes an der frischen Luft kommen.
Dazu soll die gesamte Kinderschar auf die Terrasse umziehen.
Der Herr des Hauses hält es für sinnvoll, zusätzlich zu der fest installierten Terrassenüberdachung als Schutz vor Wind und Zugluft unseren großen faltbaren Pavillon vor der Terrassentür aufzubauen.
Grundsätzlich ist die Idee ja nicht schlecht, die Ausführung gestaltet sich jedoch schwieriger als gedacht.

34

Lässt sich ein Pavillon mit Dach und Seitenwänden in den Abmessungen 3 m x 3 m auf einer freien Fläche vergleichsweise einfach aufstellen, stellt uns der Aufbau auf einer von der Hauswand auf der einen und Rhododendren und Hortensien auf der anderen Seite begrenzten Terrassenfläche doch vor einige Probleme.

Der schwere Gartentisch und die vier Stühle müssen ebenso entfernt werden wie die Hängelampe an der Tür und die Wäscheleine gegenüber.

Gegen den Willen der Hausherrin wird der Gartentisch komplett in seine Einzelteile zerlegt und am anderen Ende der Terrasse verstaut; dass die Hausherrin im Gegenzug auf dem Verbleib der hölzernen Gartenbank innerhalb des Welpenbereiches besteht, wird sich später als Fehler herausstellen.

Wie ein Schlangenmensch muss sich Frau J. immer wieder durch das nur halb geöffnete Dachgestänge des Pavillons winden, um die Deckplane überziehen zu können. Hilfe ihres Ehemannes nimmt sie - wie üblich - nicht an.

Nach unzähligen Klettertouren und noch mehr bitteren Flüchen sitzt die Deckplane endlich dort, wo sie hingehört, und Herr und Frau J. bemühen sich nun zu zweit, das Gestell des Pavillons auseinander zu ziehen, so dass der Himmel sich hebt und der Pavillon seine endgültige Höhe und Breite erreicht.

Eigentlich benötigt man hierzu vier Personen, die gleichzeitig an je einer Ecke des Pavillons das Gestänge auseinander ziehen und in der gewünschten Höhe einrasten lassen.

Herr und Frau J. bewerkstelligen diese Aufgabe tapfer allein, unter mehrfacher Gefährdung der Fensterscheiben, der Außenbeleuchtung, der eigenen Gesundheit und des ehelichen Friedens.

Sämtliche Hunde des Hauses drücken sich innen an der Glasscheibe der Terrassentür die Nasen platt und verfolgen gespannt das Geschehen. Man kann ihnen genau ansehen, dass sie diesen Haushalt und die darin lebenden Personen für absolut unterhaltsam und unvergleichlich lustig halten.

Nachdem der Pavillon schließlich steht, geht es an die Feinarbeiten. Die Seitenwände müssen eingehängt werden, in der Ecke neben der Gartenbank wird über einem dicken Liegepolster eine Wärmelampe installiert, die Bodenfliesen werden abgedeckt, und das gesamte Areal muss ausbruchsicher eingezäunt werden.

Als alle notwendigen Arbeiten erledigt sind, ist es bereits Nacht, und die Kinder müssen ins Bett.

Der Ausflug an die frische Luft muss warten.

*****

Am nächsten Morgen ist es soweit: die Hundekinder dürfen hinaus.

Da sie schon am Vortag neugierig alle Bewegungen auf der Terrasse verfolgt haben, lassen sie sich nicht lange bitten und stürzen sich mutig in das erste große Abenteuer ihres jungen Lebens.

Es gibt aber auch so viel zu entdecken!

Alles wird mit Augen, Pfoten und Näschen begutachtet und genau untersucht, und alle Neuigkeiten werden mit den Geschwistern geteilt und diskutiert.

Dazu kommen die vielen unbekannten Dinge, die die Hausherrin immer wieder in den Welpenauslauf mitbringt. Mit allem kann man so herrlich spielen - mit bunten Bällen und dicken Stricken, mit neuem Spielzeug und alten Schuhen, mit großen und kleinen Pappkartons.

Manche Dinge halten dem Tatendrang der Kleinen allerdings nicht lange stand, und in diesen Tagen lernt die Hausherrin, dass die Handelsbezeichnung „welpentauglich" nicht immer der Wahrheit entspricht.

*****

Die Welpengitter sind etwas störend. Auch die Welt jenseits der Absperrung ist interessant und aufregend. Nachdem die Bande die Konstruktion längere Zeit eingehend untersucht hat, haben die Spezialisten unter ihnen die einzige Schwachstelle im System entdeckt und das Gitter an der Stelle auf Seite geschoben, wo der Herr des Hauses nach dem letzten Füttern die Verriegelung nicht korrekt geschlossen hat.

Plötzlich ist der Welpenauslauf verwaist, und acht kleine Abenteurer tummeln sich zwischen Rhododendren und Hortensien, beschnuppern und beknabbern die hölzerne Windmühle, die noch vom Sommer im Blumenbeet steht, und buddeln begeistert in der Gartenerde.

Der Zugang zu den wirklich gefährlichen Dingen, wie Goldfischteich oder Gartentreppe, ist den Kleinen verwehrt, aber der Herr des Hauses schimpft trotzdem; denn er muss durch das Gebüsch kriechen, um die Ausbrecher wieder einzufangen.

Im Anschluss daran darf er sich damit beschäftigen, wie man zukünftige Ausbruchsversuche verhindert, wenn man vergisst, das Welpengitter richtig zu schließen.

*****

Frische Luft tut den Hundekindern gut und regt offensichtlich ihren Appetit an.

Allerdings erlaube ich nicht, dass die Welpen die Nacht draußen verbringen; zur Nachtzeit wird in der Wurfkiste im Haus geschlafen. Das Gezeter, wenn die Kinder abends ins Haus müssen, ist ohrenbetäubend.

Einige benötigen jeden Abend eine Extra-Einladung unter Androhung von Essensentzug und Stubenarrest.

*****

Ich habe mich entschieden: Frl. Weiß, das Mädel mit der breiten weißen Brust und den wachen Augen, bleibt hier. Das ist unsere Adelgunde.

38

Adelgunde sitzt wie ihre Mutter und beobachtet erst einmal alles genau, bevor sie handelt.

Adelgunde wusste als erste, wie man das Welpengitter überwinden kann, und macht von diesem Wissen auch fleißig Gebrauch.

Adelgunde untersuchte als erste das neue Terrain im Garten, während ihre Geschwister noch unentschlossen vor der Terrassentür herumlungerten.

Adelgunde gibt ihrer Mutter Widerworte, wenn beide nicht einer Meinung sind.

Das wird noch spannend...

*****

Ich habe mein Sitzkissen auf der Bank im Welpenauslauf vergessen. Nach zwei Stunden finde ich die Hälfte des Kissens in Form von lauter bunten Krümeln unter der Bank.

Beim Zusammenfegen der Reste muss ich feststellen, dass unzählige tiefe Bissspuren kleiner Welpenzähnchen die Beine meiner teuren Gartenbank zieren.
Diese Schweinebande!

Dienstag, 29.11.2016

Ich sitze im Büro am PC und habe plötzlich vier Zeilen mit
öö
in meinem Text stehen.
Da bin ich doch tatsächlich mit den Händen auf der Tastatur eingenickt.
Wie gut, dass es die Taste mit der Bezeichnung „Entf" gibt! So fällt das niemandem auf.

Mittwoch, 30.11.2016

Wir haben den ersten Besuch beim Tierarzt erfolgreich hinter uns gebracht.
Ergebnis:
Alle sind an Augen, Öhrchen, Herz, Lunge, Rachen und Zähnchen in Ordnung; die Hoden bei den Rüden sind auch da.
Es ist ein sehr unkomplizierter Wurf - alle haben die Autofahrt ohne Gezeter in ihrer Transportbox verschlafen, die Untersuchung ohne Angst oder Widerstand geduldet, auf dem Rückweg wieder geschlafen und zurück zuhause erstmal ausgiebig getobt.
Dabei ist Herr Rot im Wassernapf gelandet, der Depp.

Samstag, 03.12.2016

Der erste Besuch für die Welpen ist da. Die Familie interessiert sich sehr für die Buben; da die Geschwister sich aber alle so ähnlich sind, ist eine Entscheidung kaum möglich.

Da nimmt unser kleiner Antonius, Herr Hellblau, die Sache selbst in die Hand: als die fremde Dame ihn unter der Brust krault, dreht er sich genießerisch auf den Rücken und umschließt ihr Handgelenk mit seinen Vorderpfoten. „Mach weiter!" heißt das.

Damit hat Antonius entschieden, dass er der Auserwählte sein wird.

Sonntag, 04.12.2016

Weiterer Besuch hat sich angesagt.
Das Ehepaar möchte gern ein Mädchen adoptieren, aber die Wahl, welche der drei Schönheiten es sein soll, fällt sehr schwer. Ausschlaggebend sind schließlich der lebhafte Unternehmungsgeist und die leicht nach oben getragene Rute von Annabel, unserem Frl. Dunkelblau. Diese Rutenhaltung hat sie offenbar von ihrem Urahn, unserem Lutzenbärli, geerbt.

*****

Die Familie mit der weitesten Anreise hat sich schon lange vor ihrem Besuch in die Fotos von Herrn Rot verliebt. Diese Zuneigung ist ab dem ersten Treffen auf beiden Seiten offensichtlich.
Wir taufen Herrn Rot auf den Namen Athos.

Aus ihm wird einmal ein unerschrockener und selbst-
bewusster Musketier werden.

*****

Ich bin gefragt worden, wann die Kleinen ausziehen.
Ich schwanke zwischen
NIEMALS
weil mich acht Augenpaare und acht weiße Schnäuz-
    chen aufmerksam anschauen, wenn ich morgens
    die Tür aufmache,
weil acht mal vier kleine Pfötchen mich auf Schritt
    und Tritt verfolgen,
weil acht kleine Mäulchen im Futterring so gefräßig
    schmatzen,

weil acht Frechlinge sich aufführen wie Gladiatoren im Zirkus Maximus,

weil acht muntere Hundebabies neugierig wie die Ziegen auf Entdeckertouren gehen,

weil sich acht kleine Vorderpfötchen auf meine Arme legen und um Gekraultwerden bitten,

weil acht Moppel mit dicker Wampe satt und platt herumliegen und schlafen, als gäbe es kein Morgen

und
SOFORT
wenn ich ihre Hinterlassenschaften wegräumen will und alle acht mit Begeisterung auf mich zustürmen, unbedingt wissen wollen, was ich da mache, versuchen, mir das Klopapier aus der Hand zu reißen, und dabei durch ihre eigenen Haufen latschen und mit ihren 32 dicken Pranken alles schön gleichmäßig überall verteilen.

Montag, 05.12.2016

Trockner anwerfen für die letzte noch am Vortag gewaschene Wäsche.

Welpen wiegen und das Gewicht notieren, Welpen füttern, Welpenmilch anrühren, Trinkwasser erneuern.

Tante Hedwig daran hindern, mit einem Satz in die Wurfkiste zu springen und damit ihre Kinder zu gefährden.

Verschmutzte Bettlaken in der Wurfkiste einsammeln und in die Waschmaschine stecken.

Frische Bettlaken draußen im Welpenauslauf auslegen.

Die Großen zum Lösen in den Garten schicken.

Die Großen füttern und aufpassen, dass Tante Hedwig weder Tante Lotte noch Fritz alles wegfrisst.

Die Großen anschließend noch einmal in den Garten lassen und aufpassen, dass sie auch wirklich ihr Geschäft verrichten, statt dumm herumzustehen oder die Welpen zu belästigen.

Welpenring, Näpfe, Milchkanne und sonstige Gerätschaften spülen.

Frühstück machen, Pausenbrote und Tee fürs Büro zubereiten und einpacken.

Tagesbefehle ausgeben und ins Büro fahren.

Heute Morgen habe ich verschlafen. Der Herr des Hauses muss helfen.

Der Trockner läuft nicht.

Die Welpen sind nicht gewogen.

Die verschmutzten Laken liegen noch in der Wurfkiste.

Fritz war nicht im Garten.

Tante Hedwig hat erst ihrer Schwester und dann dem Fritz den Napf leergefressen.

Die Großen haben ihr Geschäft noch nicht erledigt.

Es ist nicht gespült.

Die Dinge, die wirklich wichtig sind und gemacht werden müssen, damit der Tagesablauf auch ohne meine Anwesenheit reibungslos funktioniert, waren meine Sache und sind erledigt. Ich fahre ins Büro.

Um 11:45 Uhr dann der Anruf, dass alle fälligen Aufgaben erfüllt sind und der Herr des Hauses für den Rest des Tages Erholung braucht.

Dienstag, 06.12.2016

Wurmkur Nr. 3. Die Welpen sträuben sich und beißen mit ihren spitzen Welpenzähnchen zornig in meine Finger.
Würde die Pharmaindustrie Präparate herstellen, die nach Leberwurst oder gegrilltem Hähnchen schmekken, wäre mein Leben leichter.

Samstag, 10.12.2016

Heute bekommt Alphonse, unser Herr Lila, Besuch, und seine neue Familie ist von ihm begeistert.
Alphonse erhält den Rufnamen Jack.

*****

Alicia und Antonia werden in der Eifel vorstellig. Hier soll sich entscheiden, wer von beiden dort wohnen wird.

Während Antonia sich auf dem Schoß des möglichen Herrchens ausgesprochen desinteressiert verhält, klettert Alicia sofort bis zu seinem Gesicht hoch und drückt ihr kleines Köpfchen an seine Wange.

Alicia hat entschieden: sie zieht in die Eifel.

Sonntag, 11.12.2016

Eine weitere Familie besucht unsere Welpenstube. Jetzt zeigt sich Antonia weder desinteressiert noch abweisend. Im Gegenteil - diese Menschen scheinen ihr zu gefallen. Und auch die Menschen schließen

Antonia sofort in ihr Herz. So hat nun auch sie ihre neue Familie gefunden.

*****

Auch der stramme Herr Gelb, Alkuin, hat seine neue Familie kennengelernt und wird zukünftig auf den Namen Aiko hören. Er hat den Nackenfleck und die Riesenpranken seines Vaters geerbt, und ich wage die Prognose, dass er später auch dessen Größe erreichen wird.

Montag, 12.12.2016

Die kleinen dicken Walzen haben geschlossen das Wohnzimmer verlassen, die Diele und den dort befindlichen Fritzenkorb erkundet und dessen Besitzer angepöbelt.

Dem Fritz sind die alle unheimlich. Er sondiert gerade die möglichen Fluchtwege und versucht, die Adresse eines fähigen Schädlingsbekämpfers herauszufinden.

Tante Lotte dagegen ist im siebten Himmel: acht muntere und zu allem bereite Spielkameraden!!

Dienstag, 13.12.2016

Die ganze Bande tobt durch das Haus.

Tante Hedwig möchte mit Antonius spielen, aber er nicht mit ihr. Als Flucht und Knurren nichts helfen, weil seine Mutter immer noch hinter ihm her ist, fährt er herum und beißt ihr ins Ohr, dass sie aufjault.

Drei der Geschwister versuchen, gleichzeitig aus der Tür vom Welpengitter auszusteigen, und hängen fest. Es geht weder vor noch zurück, und die drei strampeln und keifen wie die Marktweiber.

Einen Welpen könnte ich zum Zirkus vermitteln als Hochseilartist - der übt fleißig das Freischwingen im Vorhang.

Tante Lotte kann sich nicht entscheiden, mit wem sie zuerst spielen soll, springt begeistert zwischen allen hin und her und ist überall gleichzeitig.

Annabel begibt sich auf Entdeckungsreise und ist plötzlich verschwunden. Ich finde sie in der Küche, wo sie neugierig die Näpfe der Großen inspiziert.

Adelgunde versucht unterdessen, den Fritzenkorb in der Diele zu erobern.

Ihr Vater hat sich im weit entfernten Schlafzimmer in Sicherheit gebracht.

Einer seiner Söhne zerrt begeistert das Altpapier aus der Kaminholzkiste und schleift es durch den Raum, sehr zur Freude seiner Geschwister, die dem Rascheln nicht widerstehen können und das Papier mit ihren Welpenzähnchen spontan einer heftigen Reißfestigkeitsprüfung unterziehen.

Innerhalb kürzester Zeit gleicht unser Wohnzimmer einem Schlachtfeld. Auch der Geräuschpegel ist beträchtlich.

Einer ist davon allerdings ganz und gar unbeeindruckt: Alkuin-Aiko liegt unter dem Ohrensessel und schläft.

Der Große Schweizer Sennenhund ist kein Jäger. Stimmt. Gestern war im Welpenauslauf ein Rotkehlchen zu Besuch und hüpfte provokant vor den Hundenasen herum. Die Kleinen haben interessiert geschaut, machten aber keine Anstalten, hinterher zu jagen. So muss das sein!

Mittwoch, 14.12.2016

Nun sind die acht Speckbacken geimpft, gechipt und vom Tierarzt gründlich untersucht und für durch und durch gesund befunden worden.

Alle waren ganz lieb und entspannt, haben die Aktivitäten des Arztes ruhig über sich ergehen lassen und danach die Praxis einer ausführlichen Untersuchung unterzogen, ohne Pipi- oder andere Spuren zu hinterlassen.

Unser Tierarzt ist ganz begeistert von diesen rundherum gesunden, strammen Kindern (wir und ihre zukünftigen Mamas und Papas natürlich auch).

Jetzt fehlt nur noch die Wurfabnahme, und dann dürfen unsere Speckbacken die Welt erobern.

Freitag, 16.12.2016

Wurfabnahme.
Die Zuchtwartin bescheinigt:

Der Wurf ist perfekt. Die Kleinen haben keinen Fehler - keine Knickruten, keine Nabelbrüche, keine blauen Augen, keine Fehlzeichnungen, keine Rückbisse.
Sie sind knochenstark, kräftig und gesund, und sie sind sehr aufgeschlossen und freundlich.
Das haben unsere beiden Großen prima gemacht.
Wir sind dankbar und glücklich.

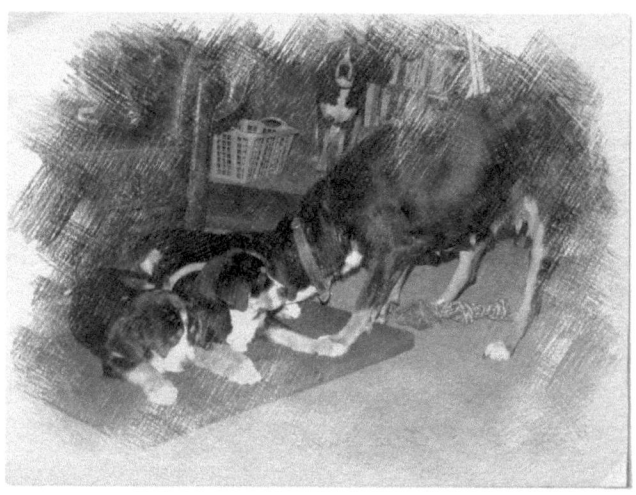

Samstag, 17.12.2016

Weil die Bande in ihrem Welpenauslauf auf der Terrasse keine Ruhe gibt, spendiere ich Möhren. Jeder bekommt eine ganze, geschälte Möhre ganz für sich allein.
Das schmeckt, das beschäftigt, das öffnet aufschlussreiche Einblicke auf die einzelnen Charaktere.

Der eine schleppt seine Möhre in die entlegenste Ecke des Auslaufes, um sie dort in Ruhe zu verspeisen, der andere schiebt sie schützend unter seinen Bauch und muss zum Benagen buchstäblich sein Genick verrenken.

Adelgunde „mantelt" wie ein Greifvogel, indem sie die Schultern hochzieht, ihre Vorderbeine und -pfoten wie eine Mauer um ihre Beute legt und alles anfaucht, was sich ihr absichtlich oder versehentlich nähert.

Der eine frisst langsam und bedächtig, der andere schlingt.

Wer kann, jagt einem anderen seinen Anteil ab.

Annabel streitet sich mit ihrem Bruder laut und anhaltend um die letzten Krümel und geht als Siegerin aus diesem Zwist hervor.

Es geht ruppig zu im Welpenauslauf, aber ich bin hoch erfreut, dass es zu keinen ernsthaften Auseinandersetzungen kommt.

Es herrschen also doch Sitte und Anstand, auch unter den jüngsten Bewohnern dieses Hauses.

Donnerstag, 22.12.2016

Neun Wochen haben wir alles gegeben und alles Menschenmögliche getan, damit aus den kleinen Maulwürfchen gesunde, stramme Hundekinder werden.

Heute werden Alkuin-Aiko, Antonia und Athos uns verlassen, um zu neuen Ufern und neuen Abenteuern aufzubrechen.

Das muss so sein. Trotzdem schmerzt es.

Alles Gute, meine Goldschätze!

Samstag, 24.12.2016

Wir bringen Alicia in ihr neues Zuhause in der Eifel.
Dort angekommen, schmust sie zunächst ausgiebig
mit dem Hausherrn, später kuschelt sie sich in die
Arme der Tochter des Hauses und hält ein kleines
Schläfchen.
Sie fühlt sich wohl, wir können sie guten Gewissens
in die Obhut ihrer neuen Familie entlassen.
Wie uns ihr Herrchen später berichtet, macht sich
Alicia in der darauf folgenden Nacht trotz Dunkelheit
und fremder Umgebung von ihrem Schlafplatz im
Wohnzimmer des Hauses aus auf die Suche nach ih-
rem neuen Herrn. Sie findet ihn im Schlafzimmer, gibt
ihm einen kleinen nassen Kuss auf die Nase und rollt
sich neben seinem Bett zum Schlafen zusammen.
Am nächsten Tag wird der Hausherr Alicias Schlafplatz vom Wohnzimmer neben sein Bett verlegen, und
zukünftig wird Alicia ihn jeden Morgen mit einem
Küsschen wecken.

Dienstag, 27.12.2016

Alphonse-Jack wird abgeholt. Als ich ihn zum Auto
seiner neuen Familie trage, klammert er sich mit seinen Vorderpfoten um meinen Arm.
Ich weiß, dass er es in seinem neuen Zuhause gut haben wird, aber es zerreißt mir das Herz.

Samstag, 31.12.2016

Die Bezopfte hat für die Hunde lustige bunte Partyhütchen besorgt.
Kurz vor Mitternacht ist es soweit: die vierbeinigen Mitglieder der Familie sollen dem Anlass entsprechend eingekleidet werden.
Der beste aller Fritzleins liegt im Wohnzimmer dösend auf seinem Polster. Dass man ihm ein lustiges Hütchen aufsetzt, interessiert ihn nicht sonderlich. Unter dem Hütchen, das bis kurz über seine Augen gerutscht ist, kann er entspannt weiter dösen.

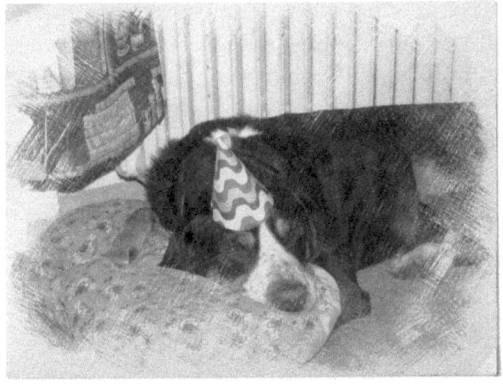

Tante Lotte hat ihr Partyhütchen keck in den Nacken geschoben und geht weiter ihren Tätigkeiten nach.

Tante Hedwig hat sich im Schlafzimmer bereits zur Nachtruhe gebettet und ist entsprechend missgelaunt, als man sie zum Zwecke der Befestigung ihres bunten Kopfschmuckes aufweckt. Aus ihren Augen schießen giftige Blitze. Nach vollzogener Einkleidung begibt sie sich sofort wieder in eine gemütliche Schlafposition, allerdings nicht ohne die Bezopfte noch durch ein verärgertes Stirnrunzeln für diese unnötige Störung zu tadeln.

Die noch im Haushalt befindlichen Kleinen missverstehen den Sinn und Zweck von lustigen Partyhütchen gründlich. Kaum befinden sich die bunten Kartontrichter in ihrer Reichweite, werden sie einer gründlichen oralen Examination unterzogen und sind anschließend für ihre eigentliche Funktion nicht mehr zu gebrauchen.

Nach vollbrachtem Werk schlummern die drei friedlich ein.

Das mitternächtliche Silvesterfeuerwerk zur Begrüßung des neuen Jahres beeindruckt unsere Kleinen wie auch unsere Großen nicht im geringsten.

Das Silvesterkonzert, das die Bezopfte in den Stunden zuvor mit ihrem Jagdhorn und mit zwei wie Becken zusammengeschlagenen Topfdeckeln gegeben hat, war wesentlich lästiger.

Montag, 02.01.2017

Nun sind auch die letzten Welpen ausgezogen.
Es ist ungewohnt leer und still.

Teil 2 - Unser Rudel

Samstag, 07.01.2017

Adelgunde mag Satire. Die ersten 10 Seiten des Ephraim Kishon-Taschenbuches, das auf meinem Nachttisch lag, hat sie regelrecht verschlungen.

*****

Das kleine Ungeheuer springt auf meinen Rücken und beißt mir ins Genick, zwickt in meine Ohren und meine Lefzen, hängt sich an meine Rute und lässt sich durch das Wohnzimmer ziehen.
Ich finde es herrlich!!!
gez. Tante Lotte

*****

Adelgunde von der Aachener Kaiserpfalz ist wahrlich die Tochter von Tante Hedwig:

- sie hat eine Rutenspitze, die wie das Ende einer Flaschenbürste gezwirbelt ist,
- beobachtet alles genauestens,
- kann einen sturen Kopf haben,
- frisst alles, was man ihr vor die Nase hält,
- okkupiert ohne schlechtes Gewissen das Fritzenkissen,
- ihre erste Amtshandlung im Bad: die Umdekoration des Duschvorlegers.

Das hatten wir doch alles schon mal...

*****

Die kleine Adelgunde steht im Windfang unserer Haustür und soll zum ersten Mal in ihrem jungen Leben ohne fremde Hilfe die drei Stufen nach unten überwinden.

Sie traut sich nicht und widersteht allen Leckerlis und sonstigen Verlockungen.

Schließlich hake ich die Leine von Adelgundes Halsband ab und gehe mit Leine, aber ohne Adelgunde, die Einfahrt ein kurzes Stück hoch. Dann bleibe ich stehen und rufe.

Zuerst sieht man nichts. Dann kommt langsam ein Schnäuzchen aus dem Windfang hervor, das Näschen witternd in die Abendluft gehoben, die Barthaare zittern.

Nach einiger Zeit erscheint auch ein Pfötchen, erst zögernd in die Höhe gehalten, dann vorsichtig auf der ersten Treppenstufe abgesetzt.

Als auch das zweite Pfötchen die erste Treppenstufe erreicht hat, muss zunächst einmal die bronzene Echse, die dort sitzt, eingehend untersucht werden. Diese ist aber offensichtlich ungefährlich und an einer näheren Kontaktaufnahme nicht interessiert, so dass der weitere Weg in Angriff genommen werden kann.

Da auf einer Stufe nicht alle Pfoten gleichzeitig Platz finden, ist Adelgunde gezwungen, ihre Vorderpfötchen weiter nach unten zu bewegen und auf die zweite Stufe zu setzen.

Als sie auf mein erneutes Rufen den Kopf wendet und mich sieht, geht es plötzlich ganz schnell. Mutig nimmt sie die letzte Stufe, springt mit fliegenden Ohren die Einfahrt hoch und empfängt freudig ein Leckerli aus meiner Hand.

(Dass es sich hierbei um einen Bruchteil dessen handelt, was sie zum Abendessen auch ohne eigenes Bemühen in ihrem Napf findet, weiß sie nicht. Noch nicht.)

Ich nehme sie an die Leine, und wir machen uns zu einem schönen Abendspaziergang auf.

Auf unserem Weg schaut Adelgunde immer wieder aufmerksam zu mir hoch. Ich habe das Gefühl, sie ist stolz, dass sie die Treppe ganz alleine gemeistert hat und dass sie schon so brav an der Leine gehen kann.

Ich freue mich und lobe sie. Liebevoll erinnere ich mich an einen kleinen Rüden vor langer Zeit, und ich muss denken: Ganz wie ihr Papa!

Dienstag, 24.01.2017

Gestern Abend war das ganze Rudel in der Küche. Die Bezopfte und der Bärtige saßen am Küchentisch und schwatzten, und meine vierbeinigen Kumpel und ich, die kleine Adelgunde, hatten uns unter oder neben den Tisch gelegt. Man kann da nämlich ordentlich was an Leckereien abstauben, wenn man nur lange genug da bleibt und lieb schaut. Das habe ich sehr schnell gelernt.

Irgendwann wurde mir auf den Fliesen aber der Popo kalt. Ich hab' mich zuerst vor die Anrichte gelegt, aber da war der Fußboden auch nicht wärmer.

Dann bin ich rüber ins Wohnzimmer auf mein Hundekissen gegangen, aber die anderen sind in der Küche geblieben. So allein im Zimmer nebenan und man bekommt gar nichts mehr mit - das ist für einen richtigen Großen Schweizer Sennenhund auch keine Lösung. Ein richtiger Großer Schweizer Sennenhund will und muss bei seiner Familie sein.

Dann hatte ich DIE Idee: ich bin einfach in den Fritzenkorb in der Diele geklettert. Dadrin ist es schön kuschelig, und man hat alles im Blick - die Diele, die Küche, das Wohnzimmer, die Haustür, einfach alles.

Die Bezopfte möchte aber nicht, dass jemand anderes außer dem Fritz in diesem Korb liegt. Sie sagt, das sei der Rückzugsort vom Fritz vor lästigen kleinen Babyschnauzen. Wen meint sie wohl damit??

Naja, jedenfalls hat sie mich aus dem Korb rausgeworfen.

Dreimal hab' ich's heimlich erneut versucht, dreimal hat sie es gemerkt und gesagt, ich soll da rauskommen.

Danach hat sie zu dem Bärtigen gesagt: „Du, ich glaube, Adelgunde möchte bei uns sein, aber auf den Fliesen ist es ihr zu kalt."

Na prima, dachte ich, jetzt hat sie's kapiert.

Und dann hat sie mein Hundekissen aus dem Wohnzimmer geholt und in die Küche gelegt.

Ich hab' mich sofort darauf gelegt, und es war so schön warm und weich und so gemütlich.

Von dem restlichen Abend weiß ich leider nichts.

Alles Weitere hab' ich nämlich total verpennt.

gez. Adelgunde

* * * * *

Adelgunde ist eine wirkliche Tochter von Tante Hedwig.

Sie schnappt wie ihre Mutter nach dem Lufthauch, wenn man ihr ins Gesicht pustet, sie wischt nach dem Fressen wie ihre Mutter den gesamten Küchenboden mit ihrer Zunge feucht durch, und sie hat wie ihre Mutter ein Blasenvolumen wie ein Tanklastzug.

Seit heute morgen steht fest, dass das Kleinteil auch eine wirkliche Tochter von Fritz ist.

Sie ist - wie ihr Vater seinerzeit vor ca. sieben Jahren - unter das Bett gekrochen, und - wie vor sieben Jahren - mussten wir das Bett anheben, weil sie ohne Hilfe nicht mehr hervor konnte.

Ich hoffe, dass sie wie ihr Vater daraus lernt und das nicht noch einmal machen wird.

* * * * *

Alkuin-Aiko, unser Herr Gelb, erfüllt alle seine Aufgaben in seinem neuen Zuhause zum großen Erstaunen seiner neuen Familie exakt genau so wie sein Vorgänger, ohne dass man es ihm hätte beibringen müssen.

Ich habe immer schon vermutet, dass die Hunde geheime Botschaften für ihre Nachfolger hinterlassen.

Dienstag, 07.02.2017

Große Schweizer Sennenhündin, 15 Wochen alt, versus Stereoanlage, 50 Jahre alt.

Die nur mit einem Drehteller und einem Tonarm ausgerüstete Seniorin hatte gegen die mit 28 spitzen Beißwerkzeugen ausgestattete Angreiferin keine Chance. Das Kabel ist hin, der Stecker ist ab.

Zugegeben, das Kabel hing ziemlich provokativ von der Fensterbank herab und hat wohl Adelgundes Ordnungssinn gestört.

*****

Tante Lotte ist durch die kleine, 16 Wochen alte Adelgunde in ihrem Rang im Rudel aufgestiegen. Sie dokumentiert das, indem sie über jedes Pipipfützchen von Adelgunde markiert.

Erst habe ich mit ihr geschimpft, weil ich das nicht mochte.

Aber dann ist mir klar geworden, dass Tante Lotte nur macht, was die Natur ihr vorgibt, und der kleinen Adelgunde ist es sowieso egal.

Und weil Tante Lotte die Kleine nicht mobbt oder zwickt, und weil sie immer so lieb miteinander spielen, darf Tante Lotte das auch weiterhin ruhig machen.

Tante Lotte ist und bleibt unser Lottengewinn.

Samstag, 18.02.2017

Bisher bestand für Adelgunde keine Notwendigkeit, Haus und Hof zu bewachen; denn die Aufgaben sind in unserem Hause gut verteilt.

Der große Fritz kümmert sich um den straßenseitigen Teil des Hauses, die dort befindlichen Nachbargrundstücke und alle fremden Besucher, während Tante Hedwig für Terrasse und Garten und die auf dieser Seite angrenzenden Grundstücke zuständig ist. Tante Lotte ist die Hüterin des inneren Wohnbereiches und meldet zuverlässig jegliche Veränderung der Positionierung unseres Mobiliars oder der im Haus vorhandenen dekorativen Gegenstände.

Heute jedoch lagen die beiden Tanten in tiefem Schlaf, und der große Fritz war mit seinem Herrn unterwegs. Deshalb sah die kleine Adelgunde sich genötigt, die Fußball spielenden Kinder auf dem Bolzplatz unterhalb unseres Grundstückes zu melden und nachdrücklich zu verbellen.

Ich stelle fest, dass Adelgunde eine beachtlich tiefe Stimme entwickelt.

Samstag, 25.02.2017

Adelgunde und ihre Mutter haben im Kampf um die letzten Futterkrümel in Fritzens Napf den kompletten Futterständer mitsamt randvoll gefülltem Wassernapf umgeworfen.

Während Tante Hedwig der Bezopften aufgrund deren heftiger Reaktion anschließend lieber aus dem Weg geht, kontrolliert die unbeeindruckte Adelgunde, ob in der Wasserlache eventuell noch Essbares schwimmt.

*****

Die beiden Männer haben sich gemeinsam zu einem Ausflug ohne das lästige Weibervolk aufgemacht. Fritzens Korb in der Diele, beliebter, aber für alle anderen Vierbeiner absolut verbotener Liegeplatz, ist also unbesetzt.

Bisher hat Tante Hedwig jeden unbeobachteten Moment genutzt, den Korb zu erobern. Die anderen durften währenddessen neiderfüllt auf den kalten Fliesen daneben Platz nehmen.

Als ich im Laufe des Tages nichts ahnend in die Diele komme, liegen die beiden Tanten auf den Fliesen, und im Fritzenkorb hat sich mit unerhörter Selbstverständlichkeit Kronprinzessin Adelgunde breit gemacht und grinst über das ganze Gesicht.

*****

Adelgunde und ihre Geschwister besitzen das Selbstbewusstsein ihrer Mutter, gepaart mit dem lieben Charakter ihres Vaters.

Von den neuen Besitzern höre ich nur Gutes. Die Hunde fühlen sich in ihren neuen Familien wohl, wachsen und gedeihen, und ihre Menschen sind mit ihnen glücklich. Die jungen Hunde richten keinen Schaden an, gehorchen und machen kaum Unfug. Das erfüllt mich mit Stolz und Freude.

Auch unsere Adelgunde richtet keinen Schaden an, gehorcht und macht kaum Unfug. Das erfüllt mich mit nie gekannter Langeweile.

Donnerstag, 02.03.2017

Die Bezopfte macht sich über mich kleines Hunde-
mädchen lustig. Sie hat gesagt, oben und unten je vier
schöne neue Schneidezähne und daneben noch immer
die winzigen Welpenreißzähnchen, das sähe richtig
blöd aus. Außerdem hat sie gesagt, sie hätte bisher
keinen einzigen Milchzahn von mir finden können, ob
ich die in meiner Gier etwa gefressen hätte.
Das ist so gemein.
Ich glaub', ich ziehe aus.
Wie man die Treppenstufen vor der Haustür ohne
fremde Hilfe überwindet, weiß ich ja schon.
gez. Adelgunde

Sonntag, 05.03.2017

Es ist 6:00 Uhr. Die Hunde sind versorgt, und ich
möchte zurück ins Bett und noch ein Stündchen schlafen.
Die drei Hundedamen sollen sich in ihre Körbchen
legen und dasselbe tun.
Tante Hedwig zieht es vor, im Wohnzimmer zu bleiben und dort in Ruhe zu dösen.
Im Schlafzimmer wird es Adelgunde schnell langweilig.
Sie kommt an mein Bett und versucht, in meine Haare
zu beißen. Kurzerhand ziehe ich die Bettdecke über
meinen Kopf und bin nicht mehr zu erreichen.
Vorsichtig unter der Bettdecke hervorlugend, kann ich
unbemerkt beobachten, was weiter geschieht.

Das nächste Opfer ist Tante Lotte, die es sich neben meinem Bett gemütlich gemacht hat. Adelgunde rupft so energisch an Tante Lottes Rute, dass deren gesamtes Hinterteil hin und her schaukelt. Tante Lotte ist sehr geduldig, aber Adelgunde reißt ihr beinah die Haare aus, so dass sie dem kleinen, unverschämten Weib energisch die Meinung sagen muss.

Das kleine, unverschämte Weib schaut nur kurz hoch und fährt dann ohne weiteres Zögern mit dem Frisieren der Schwanzhaare fort. Tante Lotte dreht sich hilfesuchend zu mir um.

Ich stelle mich blind und taub, und Tante Lotte ergibt sich in ihr Schicksal.

Als der große Fritz neugierig von außen die Schlafzimmertür aufdrückt, kann Tante Lotte die Flucht ergreifen und verschwindet.

Fritz schlendert durch das Schlafzimmer auf der Suche nach einem ruhigen, gemütlichen Liegeplatz.

Da Adelgunde weiß, dass man ihn in dieser Stimmung besser nicht belästigen sollte, sucht sie sich ein neues Betätigungsfeld.

Allerdings findet sie weder Socken, die man als Beute wegschleppen könnte, noch Bücher oder Taschentücher zum Ankauen und Zerlegen, und beginnt zu meckern.

Ich liege versteckt unter meiner Bettdecke, bekomme kaum Luft und muss mir das Lachen verbeißen.

Dann hört man, wie in der Küche die Kühlschranktür geöffnet wird.

Wie der Blitz verlassen Adelgunde und auch der große Fritz das Schlafzimmer, und ich höre, wie sie durch den Flur in Richtung Küche galoppieren.

Ich weiß, dass jetzt alle Hunde dort vor dem Stuhl des Hausherrn sitzen und sich im Hypnotisieren üben.
Endlich Ruhe.
Gute Nacht.

Liebeserklärung

Adelgunde ist ein so liebes, kleines Schweizerlein, das muss man einfach liebhaben. Sie guckt mich von unten so nett und aufmerksam an, springt so fröhlich durch das Haus, schimpft laut mit dem großen Fritz, wenn er mit ihr nicht spielen will, und begeistert sich für alles, was in unserem Haushalt geschieht.
Sie legt ihr ganzes Dasein in bedingungslosem Vertrauen in meine Hände.
Tante Lotte hat im Rudel jetzt einen höheren Rang eingenommen. Trotzdem ist sie nach wie vor der muntere, verspielte Wirbelwind, der sie hier bei uns immer war. Weiterhin sucht sie meine Nähe und wartet geduldig auf mich, wenn ich im Bad oder im Keller bin.
Auch sie hat zu mir und zu allem, was ich mache, größtes Vertrauen.
Tante Hedwig ist die Chefin. Aber man irrt sich, wenn man glaubt, dass sie nichts und niemanden zum Glücklichsein braucht. In Wahrheit sucht und genießt auch sie meine Nähe.
Das Vertrauen, dass sie mir während ihrer Mutterschaft entgegen gebracht hat, werde ich nie vergessen.
Der beste aller Fritzleins feiert Ende des Jahres seinen achten Geburtstag. Er ist ein starker Rüde, gelassen und souverän. Aber auch er macht es sich immer gern

neben mir gemütlich und vertraut mir sein Leben und
seine Gesundheit an.
Vertrauen ist unsere Basis für alles.
So viel (Hunde-)Glück...

Samstag, 18.03.2017

Das Kleinteil Adelgunde darf mit hinunter in den Garten. Sie wählt die Böschung neben den Treppenstufen,
weil man auf diese Weise viel einfacher und viel
schneller nach unten gelangt. Ich vermute, dass sie
sich das in den vergangenen Tagen von der Terrasse
aus genau angeschaut und geplant hat. Ein kluges
Tier!
Während ich die Blaubeerbüsche schneide, macht sich
Kleinteil Adelgunde nebenan über die Brombeerranken her. Die Rodung der Brombeeren ist zwar wün-
schenswert, aber ich möchte nicht am Ende des Tages
Dutzende von Stacheln aus Adelgundes Pfoten und
Schnauze entfernen müssen. Kurzerhand verbiete ich
ihr diese Tätigkeit.
Aber statt sich sittsam im Garten zu ergehen und vielleicht mit zarter Stimme einige klassische Sonette zu
rezitieren, pöbelt das Kleinteil die Nachbarin an, die
arglos in ihrem Garten bei den Krokussen nach dem
Rechten sieht.
Ein mündlicher Verweis bleibt wirkungslos, also werfe ich kurzerhand meine Gartenhandschuhe nach ihr.
Das war ein Fehler, denn Adelgunde versteht dieses
Utensil als Fehdehandschuh und nimmt die Heraus-
forderung an.

Die nächste Viertelstunde bin ich mit ganz anderen Dingen beschäftigt als mit der so dringend notwendigen Pflege der Blaubeerbüsche.

In der Zwischenzeit haben die beiden Tanten entdeckt, dass sich in unserem Garten etwas tut, und betreten schwungvoll die Szene.

Nachdem Tante Hedwig ihre Tochter und mich stürmisch begrüßt hat, widmet sie sich der Erfüllung ihrer Pflichten, indem sie den Garten und alles, was ihn umgibt, gründlich inspiziert. Der Bereich hinter den Brombeeren hat es ihr besonders angetan, und sie verschwindet aus meinem Blickwinkel. Ich bleibe aber gelassen, da ich weiß, dass alles sicher eingezäunt ist.

Tante Lotte hat in der Wiese ein Wühlmausloch entdeckt und versucht begeistert, dem interessanten Geruch nachzuspüren. Mit Inbrunst scharrt und gräbt sie, dass die Erde nach allen Seiten fliegt. Mal auf der Seite, mal halb auf dem Rücken liegend und mit rudernden Beinen schiebt sie ihre Nase in den Wühlmausgang, prustet und schnauft. Sie findet es herrlich und grinst glücklich über das ganze Gesicht.

Ich kann die Wühlmaus seit ihrer erfolgreichen Attakke gegen unseren Pfirsichbaum nicht mehr besonders gut leiden und gönne ihr die Störung ihres häuslichen Friedens. Als ich aber genauer hinsehe, muss ich feststellen, dass Tante Lotte nicht nur über und über mit Erdklumpen bedeckt ist, sondern darüber hinaus auch einen nahezu 60 cm tiefen Krater erschaffen hat. So muss ich meine Arbeit an den Blaubeeren erneut unterbrechen, um einen Spaten zu holen und den Krater zu beseitigen, damit sich auf unserer Wiese niemand den Hals bricht.

Unterdessen ist auch der große Fritz in den Garten gekommen und diskutiert über den Zaun hinweg lautstark mit der Nachbarshündin.

Tante Lotte, nunmehr krater- und daher arbeitslos, schickt sich an, sich an dieser Diskussion zu beteiligen. Das ruft schließlich auch Tante Hedwig wieder hervor, die ebenfalls ihren Kommentar abgeben möchte.

Einzig Adelgunde interessiert sich nicht für die Angelegenheiten der Großen; sie zieht es vor, den Schlamm auf dem Grund des Ententeichs näher zu untersuchen.

Daher halte ich es für angebracht, eine große Welldachplatte zu organisieren und den Ententeich damit unerreichbar für kleine Entdeckerinnen abzudecken.

Nachdem auch dies erledigt ist, kann ich meine Gartenhandschuhe nicht mehr finden. Ich hoffe, ich habe sie nicht irrtümlich beim Zuschaufeln von Tante Lottes Krater in genau diesem beerdigt. (Am späten Abend finde ich die Gartenhandschuhe übrigens unversehrt in Adelgundes Körbchen.)

Während Adelgunde noch unschlüssig nach neuen Zerstreuungen Ausschau hält, ruft von der Terrasse der Herr des Hauses zum Abendessen.

Die Hunde lassen sich nicht zweimal bitten und stürmen freudig die Treppe hinauf.

Ich folge ihnen langsam, drehe mich auf meinem Weg nach oben jedoch lieber nicht noch einmal um. Denn dann würde ich sehen müssen, wie wenig ich an diesem Nachmittag von meiner Gartenarbeit geschafft habe.

Stattdessen schaue ich nach vorne und sehe vier von der ersten Frühjahrssonne und ihren bestandenen Abenteuern durchwärmte, glückliche Hunde.

Samstag, 25.03.2017

Seinerzeit habe ich die Himbeersträucher und den Acer palmatum zum Schutz gegen unbefugtes Anfressen eingezäunt.[3]

Da Tante Lotte inzwischen immer haarscharf an der Grenze Zaun/Goldfischbecken in den eingezäunten Bereich hineinspringt und dabei letztens ins Wasser gefallen ist, und weil Kleinteil Adelgunde immer wieder Lücken in der Umzäunung findet, habe ich den Zaun abgebaut. Dann habe ich den Acer palmatum ausgelichtet.

Als ich damit fertig war, musste ich feststellen, dass Kleinteil Adelgunde die Himbeerranken gefressen hat.

Komplett.

Da wächst nichts mehr.

---

[3] siehe „Der große Fritz und die Tanten - Mit 12 Pfoten durch's Jahr"

Nie mehr.

Reste fand ich noch im Wohnzimmer.

Heute Morgen hat sie mir von der Himbeere immerhin ein bisschen zurückgegeben. In Form von Erbrochenem im Schlafzimmer.

*****

Es heißt, ich, die kleine Adelgunde, sei schuld daran, dass Tante Lotte ins Goldfischbecken gefallen ist.

Ich glaube, ich muss da mal was klarstellen!

Ich kann nichts dafür, wenn Tante Lotte ins Wasser fällt. Was muss sie auch in dem Moment abspringen, in dem ich auf der anderen Seite stehe und gucke, was sie da in dem eingezäunten Bereich eigentlich macht. Wenn sie dann gegen mich prallt und ins Wasser plumpst, ist das ihre eigene Schuld!

Und Lücken im Zaun brauch ich auch nicht. Ich schieb einfach mit meinem Kopf und meinen Schultern die kleine Tür auf. Die halbherzigen Versuche von der Bezopften, den Zugang zur Tür mit Stöcken oder ähnlichem zu versperren, beeindrucken mich wenig. Schließlich bin ich die Tochter von Tante Hedwig: zielstrebig und unerschrocken!

Außerdem finde ich, wenn Tante Lotte in den eingezäunten Bereich hinein darf, dann darf ich das ja wohl auch.

Und davon abgesehen hätte ich die Himbeeren in Ruhe gelassen, wenn die Bezopfte mir die Brombeerranken nicht vor der Nase abgeschnitten hätte, wo ich gerade so schön darauf herumkaute. Sie hat geglaubt, sie müsste mir sonst die Stacheln aus dem Maul ziehen. Aber hey, ich kann das ab. Sonst würde ich das ja nicht machen.

Also alles in allem: ich hab' mich glänzend amüsiert, und die Bezopfte soll sich mal nicht beschweren.

Frühjahr - Zeit der Krötenwanderung

Fritz: War da was? Ich hab' nichts bemerkt.

Frauchen, was sagst du? Ich sei mit meinen Riesenpranken drüber gelatscht, so dass die Kröte einen doppelten Salto geschlagen hat? Aha.

Können wir jetzt bitte weitergehen? Ich hab' Wichtigeres zu tun.

Tante Lotte: Huch, hab' ich mich erschreckt! Dieses Ungeheuer ist mir beinahe ins Gesicht gesprungen. Frauchen, lass uns bloß schnell weitergehen!

Adelgunde: Was ist das? Eine Kröte? Was macht sie hier? Wo kommt sie her? Warum ist sie hier? Wo hüpft sie hin?

Interessant, was wir auf unseren Spaziergängen so alles entdecken. Frauchen, unser Leben ist voller spannender Abenteuer!

Tante Hedwig: Frauchen, warte mal! Nicht weitergehen! Lass mich mal genau gucken! Die kann man bestimmt essen!

*****

Am späten Abend haben wir eine seltsame Begegnung.

An der Straßenlaterne überholt uns plötzlich ein dunkler Hund in der gleichen Größe wie Tante Lotte, der dann schnell an der Hauswand entlang weiter läuft und plötzlich verschwindet.

Tante Lotte ist ganz aufgeregt und will hinterher, was ich aber verbiete.

An der nächsten Straßenlaterne dasselbe Spiel, und an der übernächsten und überübernächsten wieder, und so weiter.

Tante Lotte ist kaum zu beruhigen.

So ein dreister Schatten!

Dienstag, 18.04.2017

Das Kleinteil Adelgunde ist heute sechs Monate alt, 61 cm hoch, 32 Kilo schwer, ausgestattet mit einer ziemlich tiefen Stimme, mit treuherzigem Blick und der selbstbewussten Dreistigkeit der Jugend.

Donnerstag, 27.04.2017

Während die Tanten und das Kleinteil Adelgunde in der Küche ihr Abendessen verschlingen, schicke ich den besten aller Fritzleins in den Garten.

Während anschließend die Damen in der Küche gemeinsam die Köpfe im Wassernapf versenken, zeige ich dem aus dem Garten zurückkehrenden Herrn, dass man tatsächlich ohne Gefahr für Leib und Leben durch den Bambus-Vorhang, der seit neuestem vor der Terrassentür die Mücken am Einflug ins Haus hindern soll, hindurch gehen kann, und zwar mehrfach und in beide Richtungen.

Nachdem diese Lektion zu meiner Zufriedenheit abgeschlossen ist, nehme ich einen fliegenden Wechsel vor: Fritz bekommt in der Küche sein Abendessen, und die Damen dürfen auf die Terrasse.

Fritz frisst mit Genuss und wischt gründlich seinen Napf aus, ich räume noch die Küche auf, und dann wollen wir gemeinsam die anderen wieder ins Haus holen.

Doch die Terrasse ist verlassen. Ich habe vergessen, den Zugang zum Garten hinunter zu verschließen!

Eigentlich ist den Damen der Gang in den Garten nur unter Aufsicht erlaubt, denn anderenfalls stürzen die Tanten die Stufen in halsbrecherischer Absicht hinunter, und Adelgunde ist noch zu klein, um es ihnen gleichzutun.

Vor meinem geistigen Auge entstehen sofort erschreckende Bilder, je nach Charakter meiner Hunde:

Tante Lotte nach einem dreifachen Salto von der obersten Treppenstufe herab mit Gehirnerschütterung und schwankendem Gang am Fuße der Treppe auf der Wiese,

die neugierige und so gar nicht wasserscheue Adelgunde mit vollem Körpereinsatz im Ententeich gründelnd,

Tante Hedwig unter der für mich undurchdringlichen Brombeerhecke hindurch in fernen Gefilden auf einer mehrtägigen Abenteuertour,

der große Fritz triumphierend am oberen Ende der Treppe, weil sein Haus, sein Körbchen und sein Herr jetzt wieder ganz allein ihm gehören.

Ich mache mich auf eine groß angelegte, länger dauernde Suchaktion gefasst, hole Jacke und Gummistiefel und verabschiede mich im Geiste von einem geruhsamen Abend.

Dienstag, 02.05.2017

In Nachbars Vorgarten steht ein Maibaum, dessen Bänder im Wind flattern.

Im Gegensatz zu manch anderem jungen Großen Schweizer Sennenhund, der erst einmal ängstlich scheut und nicht weitergehen will, konnte ich Adelgunde nur mit Mühe davon abhalten, durch den fremden Vorgarten zu pflügen und nachzusehen, was das ist.

Ganz wie ihre Mutter, die auf der Körung damals neugierig die Dame an der Tonne ansteuerte, um zu gucken, warum die da so einen Krach macht.[4]

Hedwig = die im Kampf Erprobte.
Adelgunde = die edle, unerschrockene Kämpferin.
Nomen est omen.

Samstag, 06.05.2017

Der Postbote hat ein Paket gebracht. Der Herr des Hauses flucht angesichts der großen Menge an Luftpolsterfolie, die als Verpackungsmaterial in diesem Paket enthalten war.

Ich frohlocke, denn ich habe sofort eine Idee zur Zweckentfremdung der Folie bzw. zur Durchführung eines interessanten Tierversuches.

Ich lege die Luftpolsterfolie so geschickt auf dem Küchenfußboden aus, dass man sie auf dem Weg zu der Dose mit den Hundekeksen, die im hinteren Be-

---

[4] siehe „Der große Fritz und die Tanten - Mit 12 Pfoten durch's Jahr"

reich der Küche aufbewahrt wird, nicht umgehen kann.

Dann rufe ich die Hunde.

Als erste schießt Kleinteil Adelgunde um die Ecke. Ihr Blick fällt gleichzeitig auf den Keks in meiner Hand als auch auf die Folie auf den Fliesen. Sie stutzt, bremst und beschnuppert den ungewohnten Bodenbelag. Vorsichtig setzt sie eine Pfote vor, und die Luftpolsterfolie knackt. Adelgunde zieht erstaunt die Pfote wieder zurück.

Unterdessen haben auch die beiden Tanten die Küche erreicht.

Tante Hedwig interessiert sich ausschließlich für die Hundekekse und trampelt ohne Scheu über die Folie, obwohl diese sofort ein wahres Knallfrosch-Gewitter von sich gibt.

Die Knallerei beeindruckt Adelgunde nicht im geringsten. Sie findet es viel bemerkenswerter, dass ihre Mutter mit Leichtigkeit den Keks bekommt, den eigentlich sie fressen wollte. Entschlossen stampft auch sie über die knallende Folie und fordert ihren Anteil.

Tante Lotte ist diese Geräuschkulisse nicht geheuer. Sie möchte auch einen Keks, traut sich aber nicht so richtig bis zu mir.

Ich komme ihr ein Stück entgegen, gefolgt von Adelgunde und ihrer Mutter, beide in der Hoffnung, weitere Kekse abstauben zu können.

So stehen wir schließlich zu dritt mitten auf der Folie, und jetzt zögert auch Tante Lotte nicht mehr; sie kommt zu uns und nimmt dafür ihre Belohnung in Empfang.

Zuletzt schlendert ruhig und gelassen der große Fritz um die Ecke und betritt die Küche. Er registriert die Hundeschar, die Folie, mich und die Kekse in meiner

Hand mit einem einzigen Blick, betritt nach einem kurzen prüfenden Kontrollblick die Luftpolsterfolie, die unter nunmehr 18 Füßen ihr Bestes gibt, und nimmt seinen Keks in Empfang.

Als alles verteilt und offensichtlich kein Nachschub mehr zu erwarten ist, trollen sich die Hunde, um sich anderen Tätigkeiten zu widmen.

Ich konstatiere:

- die Luftpolsterfolie ist platt und kann platzsparend gefaltet und entsorgt werden,
- alle Hunde haben den Test mit Bravour bestanden,
- das Ereignis war leider völlig unspektakulär.

Die nächsten Tage werde ich damit verbringen, mir Tierversuche auszudenken, die anspruchsvoller und damit auch amüsanter sind.

*****

Adelgunde klaut alles, was nicht niet- und nagelfest ist - Gartenhandschuhe, Schuhe, Taschentücher, Einkaufstüten, Socken, ja sogar Jogginghosen - und schleppt das in ihr Körbchen. Mehr macht sie damit nicht, nur wegschleppen und sich daneben legen. Wenn man das Teil dann von ihrem Platz wegnimmt und an einer anderen Stelle wieder ablegt, steht sie auf und holt es sich zurück. Egal, ob man das sieht oder nicht, egal, ob sie das darf oder nicht.

Das kann man endlos wiederholen, so lange, bis man vor Lachen einen Schluckauf hat.

Wie soll das bloß enden?! Wird sie, wenn sie mal groß ist, von irgendwoher Autos und kleine Kinder anschleppen?

Donnerstag, 11.05.2017

Adelgunde und ich sind im Wald unterwegs, als uns eine Gruppe Jogger entgegen kommt. Ich nehme Adelgunde schon in dem Moment, in dem ich die Jogger von weitem sehe, ins Fuß und an die Leine und gehe mit ihr statt in der Mitte des Weges am Wegrand entlang. Das ist höflich und gleichzeitig eine gute Übung für die junge Adelgunde.

Nicht höflich ist, wenn die Jogger von einem 3 Meter breiten Weg weiterhin mindestens 2,80 m für sich beanspruchen und davon ausgehen, dass ich mit meinem Hund in den Seitengraben ausweiche.

Deshalb mache ich kurzerhand das, was ich auch bei meinen Hunden mache, wenn sie nicht das tun, was ich von ihnen erwarte:

Ich schaue den Joggern mit böse gerunzelter Stirn direkt in die Augen und deute mit einer ruckartigen Bewegung meines Armes wortlos auf die andere Straßenseite. Mehr nicht.

Was soll ich sagen? Das funktioniert.

Die Jogger machen sofort und ohne Ausnahme einen großen Bogen um uns.

Möglicherweise bringt mir das jetzt den Ruf „Hexe des Südviertels" ein, aber das macht nichts.

Mittwoch, 17.05.2017

Eine unserer Hündinnen steht in der Dämmerung auf der Terrasse und beschwert sich lauthals.

Zu dieser späten Stunde will ich die Nachbarn nicht verärgern und rufe Tante Hedwig energisch zur Ruhe.

Das ungezogene Tier reagiert weder auf den drohend ausgestoßenen Namen noch auf die drastische Darstellung der Konsequenzen, die dieser Ungehorsam nach sich ziehen wird, und bellt stattdessen ungerührt weiter in den dunklen Garten hinunter.

Mein Blut gerät leicht in Wallung, und ich stürme auf die Terrasse, um die widerspenstige Tante Hedwig nachdrücklich zum Gehorsam aufzufordern.
Die Hündin dreht sich endlich zu mir um, und ich blicke in Adelgundes erstaunt geweitete Augen.
Ihr Blick signalisiert: „Selbstverständlich hätte ich dir sofort gehorcht, aber ich wusste ja nicht, dass du mich angesprochen hast. Ich bin nicht Tante Hedwig, ich heiße Adelgunde."
Tante Hedwig fehlt jegliches Verständnis für diese gegen sie gerichtete und nicht gerechtfertigte verbale Attacke. Schon seit geraumer Zeit friedlich im Wohn-

zimmer sitzend, blickt mich jetzt vorwurfsvoll an und ist für den Rest des Abends beleidigt.

Ich muss erkennen, dass aus dem Kleinteil Adelgunde inzwischen eine recht stattliche Junghündin geworden ist, die man auch schon einmal mit der einen oder anderen Tante verwechseln kann.

*****

Adelgunde, wie kommt die Seerose aus dem Goldfischteich in dein Körbchen?

Donnerstag, 18.05.2017

Dem Herrn des Hauses ist aufgefallen, dass die Hunde sich etwas ganz Neues haben einfallen lassen, wenn er im Arbeitszimmer fleißig am PC sitzt.

Jeden Tag um Punkt 12:30 Uhr rennt einer der vier zur Haustür und beginnt ein Gebell, als würde jemand draußen vor dem Haus stehen; die anderen beteiligen sich sofort an dieser Aktion, und der Höllenlärm lockt den Herrn des Hauses vom PC weg.

Wenn er dann seine Arbeit unterbrochen hat und feststellen muss, dass niemand vor unserer Tür steht und um Einlass bittet, beenden die Hunde unvermittelt das Spektakel.

Dann wedeln sie, führen ihn zu ihren Näpfen und fordern ihn freundlich auf: „Ach, wenn du schon mal hier bist, kannst du uns doch jetzt eigentlich etwas zu fressen geben, oder?"

Ich habe vorgeschlagen, als erste Maßnahme die Küchenuhr von der Wand zu nehmen.

Samstag, 20.05.2017

Es ist ein Klassentreffen zum 35. Jahrestag der Abiturklasse von 1982 angesagt; Beginn 15:00 Uhr.

11:45 Uhr: In einem unbeobachteten Moment holt sich Kleinteil Adelgunde in der Küche den Pfannenwender, der so einladend nach morgendlichem Rührei mit Speck duftet, vom Tisch. Der Pfannenwender zerspringt beim Aufschlagen auf die Fliesen in mehrere scharfkantige Plastiksplitter, die das Kleinteil genüsslich verspeist.

Was nun?

11:48 Uhr: Erst einmal Sauerkraut in den Hund.

Was weiter?

12:15 Uhr: Ich rufe beim tierärztlichen Notdienst an und frage, was zu tun sei. Auskunft: Weiterhin Sauerkraut und darüber hinaus Kartoffelpüree füttern, bei Verschlechterung des Allgemeinbefindens des Hundes in die Praxis kommen.

Die Praxis schließt aber bereits um 13:00 Uhr. Ist bis dahin denn schon mit einer Schädigung der Darmwand zu rechnen? Wie lange dauert der Weg eines gefressenen Gegenstandes vom Magen in den Darm?

Außerdem ist kein Sauerkraut mehr da.

Der Hausherr und der große Fritz sind schon früh mit dem Auto weggefahren, meine Motorradschlüssel sind unauffindbar, mein altes Fahrrad ist irgendwo in der Garage verkramt.

12:25 Uhr: Ich frage die Nachbarin, ob sie eine halbe Stunde Zeit hat, mit mir zum Supermarkt zu fahren, um Sauerkraut und Kartoffeln zu kaufen. Ja, hat sie.

Die Nachbarin fragt, was ich machen würde, wenn Adelgunde das Sauerkraut nicht fräße. Meine Antwort: „Wer Pfannenwender frisst, frisst auch Sauerkraut."

13:00 Uhr: Noch eine Packung Sauerkraut in den Hund. Keine Änderung des Allgemeinbefindens erkennbar.

13:30 Uhr: Ich rufe Züchter B. an. Er hatte einen solchen Fall bisher nicht, aber den Trick mit dem Sauerkraut findet er gut.

14:00 Uhr: Die Weiber toben durch das Wohnzimmer und balgen sich um das Zerrseil. Dabei kotzt Adelgunde mit Schwung eine Ladung Sauerkraut auf den Wohnzimmerteppich.

Ich fische mit bloßen Fingern die Plastikteile aus dem Sauerkrauthaufen und muss gleichzeitig die gierigen Tanten daran hindern, den hochinteressanten Haufen, den ihre junge Kameradin so großzügig von sich gegeben hat, zu untersuchen und womöglich zu fressen.

14:30 Uhr: In mühsamer Kleinarbeit klebe ich die Bruchstücke des Pfannenwenders zusammen, um herauszubekommen, ob alle Teile wieder da sind. Es fehlen noch vier Stücke.

Auf dem Herd köcheln die Kartoffeln für das Püree.

Adelgunde und die Tanten liegen vom Balgen erschöpft auf ihren Kissen und schlafen.

Ich mache mir weiterhin Gedanken. Wo sind die restlichen Stücke jetzt? Noch im Magen? Bereits im Darm? Gut in Sauerkraut verpackt oder lose und gerade dabei, im Inneren des Hundes irreparablen Schaden anzurichten?

Ich ärgere mich wieder einmal darüber, dass ich Geologie statt Veterinärmedizin studiert habe.

16:30 Uhr: Der Hausherr und der große Fritz kommen heim. Der Hausherr wird informiert und fragt, warum ich mir die Mühe gemacht habe, den Pfannenwender wieder zusammenzukleben. Meine patzige Antwort: „Na, weil ich den dann wieder benutzen kann. So dicke haben wir's nicht."

Der Hausherr amüsiert sich über die neun Pakkungen Sauerkraut auf dem Küchentisch. Ja, was weiß denn ich, was die Bagage sich noch alles einfallen lässt?! Der kluge Hundehalter baut eben vor. Außerdem ist das Sauerkraut laut Aufdruck bis Oktober 2018 haltbar.

17:00 Uhr: Adelgunde bekommt Sauerkraut und Kartoffelpüree. Der Rest der Viererbande besteht ebenfalls auf Sauerkraut und Kartoffelpüree.

17:02 Uhr: Adelgunde hat ihren Napf bereits geleert und ist auf der Suche nach weiteren Nahrungsmitteln.

Ich prophezeie ihr, dass ich ihr, wenn ich ihre Nase noch einmal in mehr als 80 cm Höhe erwische, den Hals umdrehe.

Adelgunde hat die Mahnung verstanden, aber ich bezweifle, dass sie sich das zu Herzen nehmen wird.

18:00 Uhr: Ich weiß, dass ich bis in die späten Abendstunden und wahrscheinlich auch die nächsten Tage jeden Kothaufen gründlich auf Plastikstükke untersuchen muss. Da in den einzelnen Haufen keine Namensschilder des jeweiligen Urhebers stecken, wird das eine sehr aufwändige Angelegenheit werden.

Auf das Klassentreffen habe ich jetzt keine richtige Lust mehr. Stattdessen beobachte ich lieber die Befindlichkeit des Kleinteils und bereite mich mental auf die mir bevorstehende Fakälarbeit vor.

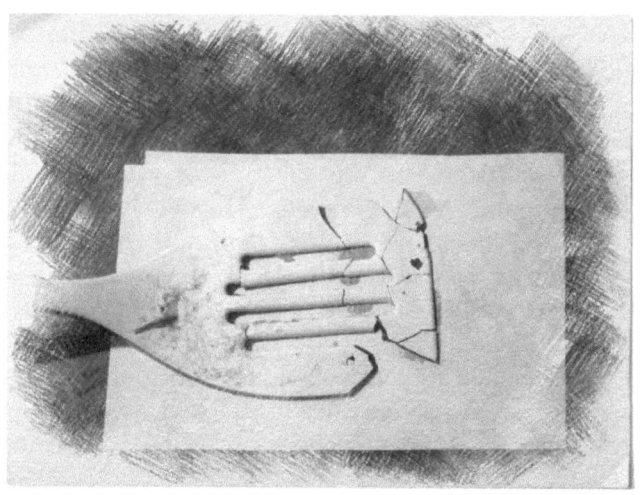

Sonntag, 18.06.2017

Tante Hedwig: Die Bezopfte hat ein Partyhütchen in ihrer Hand.

Tante Lotte: Wieso? Ist schon wieder Silvester?

Tante Hedwig: Nein. Adelgunde feiert heute ihren ersten Geburtstag.

Adelgunde: Was ist los? Wer spricht von mir?

Tante Hedwig: Du hast heute Geburtstag, und die Bezopfte möchte dir ein lustiges Hütchen aufsetzen.

Adelgunde: Ist das dieses Dings, das sie uns schon einmal aufsetzen wollte, als es spät nachts draußen so geknallt und gezischt hat und am Himmel lauter bunte Sterne und Lichter zu sehen waren?

Tante Lotte: Ja, richtig. Das war Silvester.

Adelgunde: Dieses Dings war aber nicht besonders haltbar. Ich kann mich erinnern, dass meine Geschwister und ich das ziemlich schnell erlegt haben.

Tante Hedwig: Das war auch gut so. Solche Albernheiten braucht kein Hund!

Fritz: Ach, mir ist das egal, solange ich nicht damit ausstaffiert auf die Straße muss.

Tante Lotte: Gibt es denn auch eine Geburtstagstorte?

Adelgunde: Geburtstagstorte??

Fritz: Zur Feier des Tages gibt es zum Geburtstag meist eine Torte oder etwas ähnlich Leckeres.

Tante Hedwig: Hihi, und wenn nicht, kann man sich auch selber was organisieren...

Die Bezopfte: DU organisierst hier gar nichts!

Adelgunde, DU hältst jetzt still und lässt dir das Hütchen aufsetzen.

Und DU, Tante Lotte, unterläßt gefälligst das Feixen.

So, und nun lauft in die Küche, dort gibt's was Feines für euch.

Der Bärtige: Ich glaube, wir müssen einen Teil der Wand ausbrechen und die Küchentür verbreitern lassen. Vier Große Schweizer Sennenhunde, einer davon mit Hut, passen nicht gleichzeitig durch die Tür.

Mittwoch, 21.06.2017, 4:00 Uhr

Ich werde durch das Gewicht eines gefühlt zwei Zentner schweren Gegenstands auf meinen Füßen aus dem Schlaf aufgeweckt.
Ich knipse die Lampe auf dem Nachttisch an, um herauszufinden, was los ist.
Am Fußende unseres Bettes, auf meinen Füßen, liegt Adelgunde, drapiert wie Tizians Venus von Urbino, und blinzelt schläfrig ins Licht.

Unser Bett zu erobern und sich dort breit zu machen, das hat hier bisher noch niemand gewagt!!

Bei Regenwetter im Wohnzimmer

Adelgunde: Papa, möchtest du mit mir spielen?

Fritz: Nö. Frag deine Mutter.

Adelgunde: Mama, möchtest du mit mir spielen?

Tante Hedwig: Nein. Frag deine Tante.

Adelgunde: Tante Lotte, spielst du ein bisschen mit mir?

Tante Lotte: Klar! Gerne! Was sollen wir machen? Bring mir mal das Zerrseil! Nein, nicht das, sondern das mit dem dicken Knoten. Guck! Das hier.

Adelgunde: Hee, gib das wieder her, das ist meins.

Tante Lotte: Hihi, jetzt nicht mehr.

Adelgunde: Aber jetzt! Hol's dir doch, hol's dir doch!

Tante Lotte: Na warte, du freches Ding!

Fritz: AUFPASSEN, IHR TRAMPEL! Das hier ist mein Bereich. Bis hierher und keinen Schritt weiter, verstanden?

Tante Hedwig: Ihr Nervensägen! Kann man hier nicht mal in Ruhe dösen?!

Adelgunde: Komm, Tante Lotte, wir rennen um den Tisch, das macht Spaß! Du kriegst mich nicht, du kriegst mich nicht!

Tante Lotte: Ich bin schneller als du!

Adelgunde: Aber ich bin kleiner und wendiger!

Tante Lotte: Upps…

Der Bärtige: Was veranstaltet ihr hier? Was soll dieser Krach? Und warum liegt der Stuhl umgekippt am Boden?

Tante Hedwig: Adelgunde hat wieder ihre „fünf Minuten".

Der Bärtige: Das musst du ja wissen. Damit kennst du dich ja aus.

Fritz: Also von mir hat sie das nicht.

Tante Hedwig: Mit „fünf Minuten" kenn ich mich aus? Spielst du etwa auf das Tischchen in der Diele an, das nur noch drei Beine hat?[5]

Tante Lotte: Das war ein unglücklicher Zufall.

Adelgunde: Tischchen? In der Diele? In der Diele steht kein Tischchen.

Fritz: Jetzt nicht mehr.

Adelgunde: Was ist denn damit passiert?

Tante Hedwig: Das dumme Ding stand im Weg, als deine Tante auf der Flucht vor der Bezopften die Kurve auf den glatten Fliesen nicht mehr gekriegt hat.

Tante Lotte: Ich??? DU bist so dagegen geknallt, dass ein Bein abbrach und das Tischchen umfiel.

Tante Hedwig: Die Bezopfte war auch daran beteiligt.

Der Bärtige: Es ist vollkommen egal, wer von euch daran beteiligt war. Das war ein sehr schönes Tischchen, und jetzt ist es nicht mehr zu gebrauchen.

Fritz: Gleich kommt wieder die Bemerkung, dass es sich bei diesem sehr schönen Tischchen um ein altes Erbstück handelt.

Der Bärtige: Schweig!

Tante Lotte: Und die Bemerkung, dass das Tischchen so antik war, dass es sicher schon die Fahrt auf der Arche Noah mitgemacht hat.

Adelgunde: Was ist die Arche Noah?

Der Bärtige: Schweigt!!

---

[5] siehe „Der große Fritz und die Tanten - Mit 12 Pfoten durch's Jahr"

Tante Lotte: Was höre ich da aus der Küche? Von dort kommt von der Bezopften die Bemerkung, für sowas gäbe es Ponal.

Adelgunde: Was ist Ponal?

Fritz: Holzleim. Damit könnte der Bärtige das Tischchen …

Der Bärtige: Du sollst schweigen!!!

Fritz: … kleben.

Die Bezopfte: Genau: kleben. Wo dein Herz doch so an dem Tischchen gehangen hat.

Der Bärtige: Ihr sollt schweigen. ALLE!!!!!
Wenn es weiter so regnet, werde ich mit besagtem Holzleim eine zweite Arche Noah bauen. Und ich weiß jetzt schon, wen ich NICHT mitnehmen werde.

Sonntag, 02.07.2017

Ein ruhiger Sommer-Nachmittag.
Ich lese, der Hausherr durchforstet das Internet, die Hunde dösen in der angenehmen Kühle des Wohnhauses.
Die Sonne scheint warm auf das Fritzenpolster unter dem Wohnzimmerfenster.
Dort liegt er, der große Fritz, und duldet wie immer, wenn er schlafen will, nichts und niemanden in seiner Nähe oder gar neben sich auf seinem Polster.
Da erhebt sich plötzlich die kleine Adelgunde von ihrem Kissen, schlendert zu ihrem Papa und legt sich in ihrer leisen, sanften Art wie selbstverständlich nicht nur neben ihn, sondern mit ihrem Rücken gegen sei-

nen Bauch gedrückt und halb auf seine doch so unberührbaren heiligen Füße.

Und was macht der Beste aller Fritzleins? Zuerst ist er etwas irritiert, aber dann seufzt er behaglich, schließt seine Augen und schläft weiter.

Kein Internet und kein Buch der Welt können schöner sein als der Anblick dieser entspannten Hunde in ihrer völligen Vertrautheit.

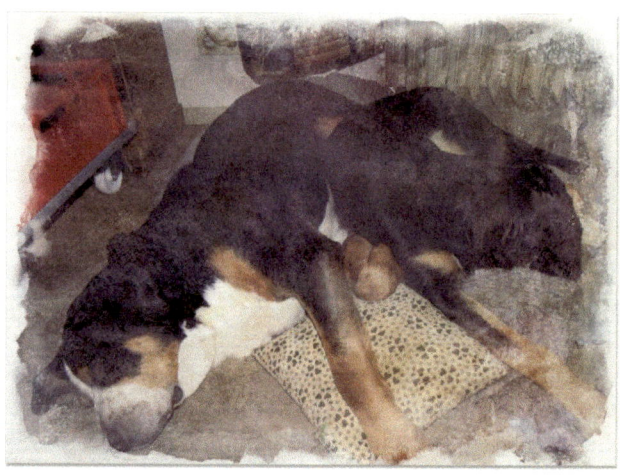

Dienstag, 18.07.2017

Adelgunde ist heute genau neun Monate alt und hat inzwischen die Schulterhöhe ihrer Mutter erreicht. Sie ist nun größer als Tante Lotte und zumindest, was ihre Körpergröße angeht, kein Kleinteil mehr.

*****

Ich habe gerade das Wohnzimmer geputzt, und Mademoiselle stampft von draußen herein und hat wieder alle vier Pfoten voller Gartenerde. Sie freut sich, mich zu sehen. In diesem Moment ist die Wiedersehensfreude allerdings ziemlich einseitig.

Donnerstag, 03.08.2017

22:00 Uhr: Fritz erbricht einen Klumpen Küchenkrepp. In seinem Korb liegt gemütlich Adelgunde und verspeist die Brille des Hausherrn.

22:10 Uhr: Adelgunde bekommt Sauerkraut. Die Brille ist nicht mehr zu retten.

23:30 Uhr: Die Abendrunde mit Fritz ist beendet. Seine letzte Tagesration Futter verweigert er. Na schön, dann kriegen es eben die Tanten. Adelgunde bekommt noch eine Portion Sauerkraut.

24:00 Uhr: Nachtruhe.

Freitag, 04.08.2017

3:55 Uhr: Adelgunde erbricht das Sauerkraut auf das Hundekissen neben dem Bett. Ich muss sofort aufstehen und das wegmachen, damit die Tanten es nicht fressen. In dem Erbrochenen finde ich zwei Brillenglassplitter, ein Trockenfutterbröckchen, Aststückchen und mehrere kleine Steinchen.

4:50 Uhr: Fritz steht im Flur und würgt.

5:05 Uhr: Fritz kratzt an der Schlafzimmertür und bellt, weil er ausgesperrt ist, aber unbedingt ins Schlafzimmer will. Von innen antworten die Tanten. Adelgunde möchte in mein Bett.

5:30 Uhr: Der Wecker klingelt. Fritz will immer noch nicht fressen. Adelgunde dagegen hat einen Bärenhunger.

6:30 Uhr: Fritz lässt sich endlich zu einigen Bröckchen Trockenfutter überreden. Um den Rest, den er dann doch in seinem Napf liegen lässt, prügeln sich Adelgunde und ihre Mutter.

6:40 Uhr: Adelgunde springt in der Küche herum und schlägt (versehentlich oder mit voller Absicht?) das Brotmesser vom Tisch.

Ich überlege, ob man zukünftig alle Gebrauchsgegenstände wie in der Waschkaue im Steinkohlenbergbau an Püngelhaken aufhängen und an einer Kette bis unter die Zimmerdecke ziehen sollte.

8:20 Uhr: Im Büro hole ich die Thermoskanne aus meinem Rucksack und muss feststellen, dass der Verschluss der Kanne nicht dicht gehalten hat. Mein Tee befindet sich nunmehr nicht nur in der dafür vorgesehenen Thermoskanne, sondern zu einem nicht zu vernachlässigenden Anteil auch in meinem Rucksack.

Meine Kollegen lachen über meinen Gesichtsausdruck und meine gramgebeugte Gestalt.

8:25 Uhr: Mir reicht's. Ich werde jetzt in die Kaffeküche gehen und dort die Sektvorräte plündern. Danach werde ich sie alle umbringen, Vier- und Zweibeiner. Ich muss mir nur noch über die Reihenfolge klar werden.

Szene in der Küche

Der Bärtige: Adelgunde, lass das!!

Adelgunde: Was denn? Ich mach doch gar nix.

Der Bärtige: Doch. Du hast den Topf, der auf dem Herd steht, versucht abzulecken.

Adelgunde: Hab ich nicht.

Der Bärtige: Hast du doch.

Adelgunde: Nein, hab ich nicht.

Der Bärtige: Adelgunde, keine Widerworte! Komm her und setzen!

Adelgunde: Herkommen ja. Setzen? Nö.

Der Bärtige: Setzen!!

Adelgunde: Hmpf. Ich muss mich erst mal recken und strecken.

Der Bärtige: Adelgunde, was hab ich gesagt?

Adelgunde: Mich juckt's plötzlich so am Ohr. Da muss ich mich kratzen.

Der Bärtige: Worauf warte ich?

Adelgunde: Ich muss auch ganz schrecklich gähnen.

Der Bärtige: He, Adelgunde! Wird's bald?!

Adelgunde: Statt mich zu setzen, leg ich mich mal hin. Das reicht auch.

Der Bärtige: Nein, Adelgunde, das reicht nicht! Von meinen Hunden erwarte ich etwas anderes.

Adelgunde: Was denn?

Der Bärtige: Gehorsam.

Alle: Brüllendes Gelächter.

*****

Adelgunde, wieso liegt mein Gummistiefel in deinem Körbchen?

Ich hoffe für dich, dass du ihn nicht mit deinen Zähnen, sondern mit deinen Pfoten dorthin geschafft hast.

Wenn ich beim nächsten Gassigang im Regen nasse Füße bekomme, sehe ich für dich schwarz.

Es gibt nichts Sinnloseres als einen Gummistiefel mit Loch.

*****

Die Micro-SIM-Karte vom Handy ist verschwunden. Möglicherweise hat der Herr des Hauses sie mit dem Ärmel vom Tisch gewischt, und einer der Hunde hat das für einen leckeren Krümel gehalten und gefressen.

Ich tippe da auf Adelgunde, denn die hat ja eine seltsame Vorliebe für Plastik.

Wenn ich die Nummer jetzt anrufe, klingelt das dann in Adelgundes Bauch?

Mittwoch, 19.08.2017

Adelgunde hat eine Schrunde am Bauch, und die möchte ich mir mal ansehen.

Adelgunde hat aber gerade (unerlaubterweise) im Fritzenkorb Platz genommen und fühlt sich gestört, fährt brummend auf und schlägt mir ihren Schädel mit einer solchen Wucht gegen den Wangenknochen, dass mir für eine Sekunde schummrig wird.

Resolut rufe ich das freche Biest zur Ordnung, woraufhin sie sich widerspruchslos untersuchen lässt.

Ihr schadet die Zurechtweisung weit weniger als mir ihr Schlag mit dem Schädel.

Mir tut die komplette rechte Gesichtshälfte weh, und ich habe das Gefühl, dass das Auge langsam zuschwillt.

*****

Am Mittwoch zertrümmert mir Adelgunde, wie bereits berichtet, beinahe den rechten Wangenknochen.

In der darauf folgenden Nacht steht der große Fritz plötzlich um 3:50 Uhr an meinem Bett, fiept und quietscht, schlägt mit seiner Vorderpfote auf das Fußende des Bettes und macht so lange Theater, bis ich aufstehe, um nachzusehen, was eigentlich los ist.

Nichts ist los. Alle Türen stehen offen; er könnte also ungehindert hingehen, wohin auch immer er möchte.

Er muss weder in den Garten noch etwas trinken, er will nicht schmusen und braucht auch nichts zu fressen. Er möchte anscheinend nur einfach auf sich aufmerksam machen. Ist ja sonst langweilig nachts, wenn alles schläft.

Die Damen sind natürlich sofort hellwach, glauben, es gäbe Frühstück, und verhalten sich entsprechend aufdringlich.

Mit Mühe bringe ich alle wieder zur Ruhe, um wenigstens noch ein bisschen Schlaf zu bekommen, bevor der Wecker um 5:30 Uhr klingelt.

Am Abend auf dem Heimweg, kurz bevor wir das Haus erreichen, muss Tante Hedwig sich noch ausgiebig in Kot wälzen. Kopf, Hals, Brust, Halsband und Leine - alles ist verdreckt und stinkt entsetzlich.

Tante Hedwig erhält noch am selben Abend ein reinigendes Bad mit Hundeseife. Anschließend duftet die Hündin wie ein Pfefferminz-Bonbon. Das Badezimmer benötigt eine umfassende Sanierung.

In der Nacht darauf veranstaltet eine der Damen neben meinem Bett von 4:00 bis 4:50 Uhr ein Putzorgie. Fast eine Stunde lang geht es „schlapp schlapp schlapp" und „schleck schleck schleck".

Mein Schimpfen zeigt keinerlei Wirkung. Das Licht anmachen, um herauszufinden, wer die Übeltäterin ist, und diese dann unverzüglich aus meinem Schlafzimmer zu entfernen, kann ich nicht. Das würde erneut zu einem Missverständnis hinsichtlich der Zeit zum Frühstücken führen.

Ich kann mir nur die Decke über die Ohren ziehen und wünschen, dass die Putzerei irgendwann beendet ist und die Sauberkeit des schwarzglänzenden Fells den Ansprüchen seiner Besitzerin genügt.

Ich weiß noch nicht, womit ich meinem Chef mein übernächtigtes Aussehen und die blauen Flecken in meinem Gesicht erklären werde.

Aber eins weiß ich: Im Moment sammeln die Goldfische in unserem Gartenteich im Vergleich zu meinen Hunden eine Menge Pluspunkte.

Renovierungsarbeiten

Aufgrund eines unverhofft genehmigten Kurzurlaubs habe ich die phantastische Idee, innerhalb von vier Urlaubstagen den Teppichboden in meiner Seifenküche durch Fliesen zu ersetzen.

Der Hausherr ist wenig begeistert, aber ich versichere ihm, dass ihn keinerlei Arbeit erwartet, weil ich alles alleine machen kann und alleine machen will.

Kurzentschlossen beginne ich mit dem Ausräumen.

Bisher war ich immer der Meinung, dass von allen Räumen im Haus die Küche am aufwändigsten zu renovieren ist, da sich hier mit Abstand die schwergewichtigsten Geräte und der meiste Hausrat befinden. Weit gefehlt! Was ich aus der Seifenküche ausräumen muss, verstellt innerhalb kürzester Zeit Flur, Diele und Wohnzimmer, so dass ich das Schlafzimmer und sogar das Bad als vorübergehende Lagerräume nutzen muss. Ob das daran liegt, dass in der Bezeichnung „Seifenküche" das Wort „Küche" mit drinsteckt?

Ich komme zu dem Schluss, dass ich, um nicht das ganze Erdgeschoss unbegehbar zu machen, die Seifenküche in mehreren Teilschritten ausräumen und renovieren werde.

Die Hunde interessieren sich sehr für mein geschäftiges Hin und Her, beschnuppern neugierig all diese interessanten Gegenstände, zu denen sie normalerweise keinen Zugang haben, und laufen mir konsequent ständig vor die Füße. Darüber hinaus nutzt Adelgunde die Gelegenheit und stöbert in der sonst für Hunde verbotenen Seifenküche herum. Kurzentschlossen stelle ich zwei Elemente des Welpengitterzauns vor den Eingang.

Nun gestaltet sich das Ausräumen noch mühsamer, da ich eine Hand zum Öffnen und Schließen des Gitters frei haben muss. In der Folgezeit kommt es außerdem zu mehreren lautstarken Auseinandersetzungen mit Adelgunde, die schon als Welpe wusste, wie man die Welpengitter wegschieben kann, und Kopf und Schultern dementsprechend zielgerichtet einsetzt.

Nachdem die Seifenküche weitgehend ausgeräumt ist, hole ich die Fliesenpakete, die im Keller lagern, hoch. Dummerweise habe ich Adelgunde vor nicht allzu langer Zeit beigebracht, wie man eine Kellertreppe hinuntergeht; bei jedem Gang klebt sie an meinen Fersen und drückt sich neben mir durch die Türen, und die Fliesenpakete sind zu schwer, um sie mit nur einer Hand zu tragen und mit der anderen Hand Adelgunde aufzuhalten. Auch das Schließen der Tür zum Keller nutzt nichts, da das pfiffige Mädchen sich von ihrem Vater abgeguckt hat, wie man diese öffnen kann.

Dann rühre ich die erste Portion Fliesenkleber an. Hierzu eignet sich der Eimer, in dem gewöhnlich die Welpenmilchpakete geliefert werden, ganz ausgezeichnet. Nach kurzer Reifezeit kann ich mit dem Verlegen der Fliesen beginnen.

Die Fliesenschneidemaschine muss, da die Trenn-
scheibe mit Wasser betrieben wird, auf der Terrasse
bedient werden. Das heißt: mit jeder zu schneidenden
Fliese in der Hand das Welpengitter öffnen und hinter
mir wieder schließen, durch Flur, Diele und Wohnzimmer an den neugierig wartenden Hunden vorbei
bis auf die Terrasse an die Schneidemaschine, natürlich mit Adelgunde im Schlepptau, der auch die steti-
ge Dusche durch den Wasserstrahl der Schneidemaschine offensichtlich nicht das Geringste ausmacht.
Mit geschnittener Fliese dann den ganzen Weg umge-
kehrt wieder zurück. Weil es um die Schneidemaschine herum nass wird, wechsele ich vor Betreten der
Terrasse und danach des Hauses selbstverständlich
jedesmal die Schuhe. Adelgunde tut das nicht.

Ein Blick auf die Fliesenklebertüte und das darauf
folgende Hochrechnen ergeben, dass vier Tage nicht
ausreichen, um die Seifenküche vollständig zu fliesen,
da erst nach einer Trockenzeit von drei Tagen verfugt
werden kann. Unmöglich, das geht nicht!

Im Baumarkt gibt es Schnellkleber, begeh- und verfugbar nach drei Stunden. Perfekt. Vielleicht kann ich damit auch die agile Adelgunde irgendwo, wo sie nicht stört, am Boden fixieren. Schnell-Fugenmörtel nehme ich auch direkt mit.

Inzwischen ist Tante Lotte seit gut 10 Tagen läufig, was das Aufstellen weiterer Welpengitterelemente erforderlich macht, diesmal zwischen Diele und Wohnzimmer, um Männlein und Weiblein räumlich voneinander getrennt zu halten. Tante Lotte muss nun in der Diele bleiben. Dort liegt sie mit freiem Blick auf die Vorgänge in der Seifenküche und nutzt die Gelegenheit, alles, was dort vor sich geht, genauestens zu beobachten und ihren Hausgenossen mitzuteilen.

Der Weg zwischen Seifenküche und Terrasse wird durch die zusätzlichen Gitter noch hindernisreicher. Adelgunde allerdings hält auch das auf ihrem Weg nicht auf. Leider nutzt Tante Lotte die Lücke, die Adelgunde beim Beiseiteschieben der Gitterelemente hinterlässt, zur Flucht aus ihrer Verbannung.

Mehr als einmal muss ich Fliesen, Kleber und Kelle beiseite werfen, um sie wieder einzufangen.

Dann sind alle Fliesen verlegt, und es geht ans Verfugen. Zum Anrühren der Masse nehme ich den bewährten Welpenmilcheimer. Aber was ist das? Trotz des korrekten Mischungsverhältnisses will sich die erforderliche cremige Konsistenz der Masse einfach nicht einstellen. Ich muss mehr Fugenmasse in das Wasser einrühren, als ich in einem Arbeitsgang eigentlich verarbeiten kann. Sehr viel mehr Fugenmasse…

Zunächst bleibt der Fugenmörtel noch extrem flüssig, dann zieht er plötzlich an, und nach einer äußerst kurzen Zeitspanne, in der er einigermaßen gut zu verarbeiten ist, verliert er rasant seine plastischen Eigen-

104

schaften, beginnt zu krümeln und härtet durch. Ich versuche noch, so gut es geht, ohne Werkzeug mit den bloßen Fingern zu verfugen, indem ich die Masse zu Würstchen rolle und in die Fugen hineindrücke, aber einen nicht unbeträchtlichen Teil des Mörtels muss ich, unbrauchbar geworden, schließlich gewaltsam mit dem Spachtel aus dem Eimer herausstemmen und im Müll entsorgen. Die Säuberung des Eimers und der restlichen Werkzeuge gestaltet sich extrem schwierig. Von meinen Händen und Fingernägeln geht das Zeug bestimmt in den nächsten zwei Tagen nicht mehr ab.

Die Hunde, die mich angesichts meiner erbosten Lautäußerungen in Erwartung weiterer spannender Details umringen, bekommen meinen ganzen Zorn zu spüren und verdrücken sich beleidigt in den hinteren Teil des Wohnzimmers. Die unbeteiligte, weil ausgesperrte Tante Lotte hat es sich im Flur bequem gemacht, beobachtet von ihrem Logenplatz aus alles ganz genau und grinst.

Sehr weit komme ich mit einer - laut Packungsaufdruck für 10 m² ausreichenden - Tüte Fugenmörtel auf diese unbefriedigende Weise nicht. Also ist eine weitere Fahrt zum Baumarkt erforderlich. Der Fliesenfachmann des Baumarktes lacht wissend, als ich ihm mein Problem schildere; offensichtlich habe ich die heimtückische Eigenart von Schnell-Fugenmörtel sehr schnell erkennen bzw. erleben müssen.

Ich beschließe, dass normaler Fugenmörtel keinerlei Nachteile aufweist, sondern im Gegenteil für die Gesundheit aller Beteiligten besser ist.

Dass die Fugen zwischen Fußboden und Wänden nicht mit Fugenmörtel, sondern mit Silikonmasse aufzufüllen sind, war mir nicht bekannt und zwingt zu einer dritten Fahrt zum Baumarkt. Da Kartuschenpressen in unserem Haushalt seit jeher auf unerklärliche Art und Weise auf Nimmerwiedersehen verschwinden, möchte ich vorsorglich eine solche im Baumarkt käuflich erwerben. Leider kann mir niemand den Unterschied zwischen den einzelnen Kartuschenpressenmodellen erklären. Also entscheide ich mich für das billigste Modell.

Das stellt sich im Nachhinein als Fehler heraus, denn die Billigpresse erfordert einen solchen Kraftaufwand zum Auspressen der Silikonmasse, dass ich nur mit Hilfe meiner dick gepolsterten Motorradhandschuhe die Griffe zusammenpressen und am Ende des Tages die Finger kaum noch bewegen kann. Was sich abends zum Spaziergang mit den Hunden sowohl beim Umlegen der Hundehalsbänder als auch beim Festhalten der Leinen als sehr hinderlich erweist. Eingedenk meiner vorherigen verbalen Entgleisungen sind die Hunde aber ausgesprochen artig, und der abendliche Ausflug ist sehr erholsam für alle.

Der anschließende Gang mit Tante Lotte, die ich getrennt von den anderen ausführe, gestaltet sich etwas anstrengender; denn Tante Lotte muss am Wegesrand jeden Grashalm und jedes Objekt, das höher ist als 5 cm, markieren, um auf sich und ihren Zustand aufmerksam zu machen. Zum Glück sind keine Rüden unterwegs.

Nach vier Tagen präsentiere ich dem Hausherrn stolz das Ergebnis meiner Arbeit: eine gefliese, verfugte, geputzte, ein- und aufgeräumte Seifenküche.

Die Nebenschauplätze sind weniger vorzeigbar. Die Hunde sind freudig auf der Terrasse durch die Wasserlachen vor der Fliesenschneidemaschine gelaufen, anschließend zwischen den Rhododendren herumgesprungen und haben dann mit ihren erdigen Pfoten die

Terrassenplatten und den gesamten Wohnzimmerboden mit lustigen Mustern verziert.

Tante Hedwig hat Fugenmörtel im Fell, und Adelgunde versucht nach wie vor eifrig, sich Zutritt zur Seifenküche zu verschaffen.

Der Fußboden im Flur weist rote Flecken auf, weil Tante Lotte lieber neben ihrer Decke gelegen hat statt auf ihr.

Der große Fritz verweigert liebeskrank das Fressen und wird wohl für die nächsten Tage ausziehen müssen.

Ich bin voller Tatendrang und eröffne dem Hausherrn, dass ich mir als nächstes die Renovierung des Schlafzimmers vorgenommen habe.

Der Hausherr entgegnet, dass in diesem Falle nicht nur der große Fritz, sondern auch er ausziehen wird, und meint, er wüsste nun, warum normale Leute zuerst ein Haus bauen und sich erst danach Haustiere anschaffen.

*****

Die Hunde werden bei uns mit einer bestimmten Floskel zum Essen gerufen.

Heute habe ich mich dabei ertappt, dass ich bei den Goldfischen, bevor sie ihr Fischfutter bekommen, genau dieselben Worte benutze.

Muss ich mir Sorgen machen?

Samstag, 02.09.2017

Für ihre Zahnpflege haben die Hunde wieder Straußenknochen bekommen.

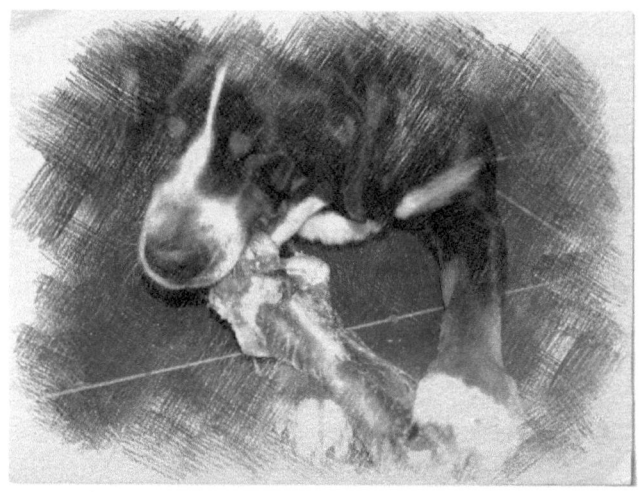

Die Damen widmen sich konzentriert den ihnen zuge-
teilten Knochen; der beste aller Fritzleins möchte
stattdessen lieber seinen Herrn auf einer Autofahrt
begleiten.

Da ich den beiden beim Beladen des Autos helfe,
damit nichts vergessen wird, verlasse ich kurz das
Haus.

Als ich zurückkomme, schlendert Tante Lotte ohne
Knochen durch den Flur. Das ist nichts Ungewöhnli-
ches, da sie meist schneller als die anderen das Interesse an ihrem Knochen verliert und sich dann lieber
anderen Aktivitäten zuwendet.

Allerdings ist ihr Knochen verschwunden. Meine Frage „Tante Lotte, wo ist denn dein Knochen?" beant-
wortet sie mit einem ratlosen Kopfschütteln.

Ich werfe einen Blick auf die beiden anderen - Tante
Hedwig ist in der Küche mit ihrem Knochen beschäf-

tigt, Adelgunde hat sich mit ihrem Knochen unter den Wohnzimmertisch gelegt. Beide lassen sich nicht weiter stören.

Dann begebe ich mich auf die Suche nach Tante Lottes Knochen. In der Küche ist er nicht. Im Wohnzimmer oder im Flur ebenfalls nicht. Die Türen zu den anderen Räumen des Hauses sind geschlossen, dort kann der Knochen also auch nicht sein.

Ich schaue hinter dem Küchenherd und sogar im Wohnzimmer hinter dem Kaminofen nach, obwohl Tante Lotte schon allein aus Platzgründen dort weder sich selbst noch einen Straußenknochen hineinzwängen kann.

Ich überlege. Kann Tante Lotte in den zwei Minuten, in denen ich draußen vor dem Haus war, einen 20 cm langen Straußenknochen verspeist haben? Zum Zerkauen fehlte ihr angesichts der Kürze meiner Abwesenheit die Zeit. Sie hätte ihn nur im Ganzen verschlucken können. Tante Lotte macht zwar insgesamt einen gesunden, fitten Eindruck, aber der Knochen ist und bleibt verschwunden.

Langsam steigt Unruhe in mir auf. Sollte Tante Lotte den Knochen tatsächlich verschluckt haben, bekommen wir arge Schwierigkeiten. Selbst wenn ich ihr Sauerkraut in nicht unerheblichen Mengen einflöße, kommt ein so großer Knochen nicht auf normalem Wege wieder zum Vorschein, weder vorne heraus noch hinten. Muss ich den Herrn des Hauses anrufen und zurückbeordern, damit wir zur Notaufnahme in die Tierklinik fahren können? Habe ich irgend etwas übersehen?

Ich drehe noch eine Runde durch das Haus, öffne jetzt die Türen zu sämtlichen Räumen des Hauses, schaue auf der Terrasse und im Keller nach - nichts.

Meine wachsende Besorgnis überträgt sich auf die Hunde. Tante Lotte folgt mir gespannt bei meiner Wanderung durch Haus und Keller, Tante Hedwig wirft mir ärgerliche Blicke zu, und Adelgunde verändert ihre Liegeposition, um uns besser im Blick zu haben.

Irgend etwas an ihrem Gesichtsausdruck macht mich misstrauisch, und bei genauerem Hinsehen stelle ich fest, dass da etwas unter ihrem Bauch hervor lugt, das nicht wie ihr Bein oder wie ihre Pfote aussieht. Ich nötige das protestierende Fräulein zum Aufstehen, und der Gegenstand unter ihrem Bauch entpuppt sich tatsächlich als Tante Lottes Knochen. Den muss Adelgunde ihrer Tante während meiner kurzen Abwesenheit frech abgenommen und zum Schutz gegen den Zugriff durch die rechtmäßige Besitzerin unter ihren Bauch geschoben haben.

Rigoros nehme ich der Übeltäterin beide Knochen ab. Tante Lotte bekommt von mir ihren Knochen zurück und zieht damit freudig wedelnd ab.

Adelgunde schaut fordernd zu mir hoch und verlangt die Herausgabe ihres Knochens. Diese Dreistigkeit, gepaart mit einem Augenaufschlag, der an Liebreiz nicht zu überbieten ist, macht mich sprachlos, und ich muss mich umdrehen, damit sie nicht sieht, dass ich lachen muss.

Sonntag, 10.09.2017, Landesgruppenschau Dortmund-Aplerbeck

Zu ungewohnt früher Stunde weckt die Bezopfte mich mit den Worten: „Komm, Adelgunde, aufstehen! Wir fahren heute zu deiner ersten Hundeausstellung."
Ich habe keine Ahnung, was das bedeutet; aber ich komme gern mit, denn „fahren" heißt, dass es mit dem Auto auf Reisen geht. Das ist immer sehr spannend!
Allerdings fahren die anderen alle nicht mit. Das finde ich seltsam.
Während ich hinten im Auto sitze, brummt es eine lange Zeit sehr eintönig, und die Bezopfte sagt, ich könnte ruhig noch ein bisschen schlafen. Dazu bin ich aber viel zu aufgeregt und schaue stattdessen aufmerksam aus dem Fenster. Ich durfte ja schon oft mitfahren, und anfangs kenne ich noch alles, was draußen vorbeirauscht, aber dann wird die Gegend immer unbekannter. Zum Impfen oder zu meinen Geschwistern geht es hier jedenfalls nicht.
Dann hört das eintönige Gebrumm plötzlich auf, die Bezopfte schultert Rucksack und Klappstuhl, nimmt mich an die Leine, und auf geht's über eine kleine Straße auf eine große, große Wiese. Dort sind viele Pavillons, Zelte und Tische aufgebaut, und ein paar eckige Flächen sind mit Stangen und bunten Bändern, die im Wind flattern, abgetrennt. Viele Menschen sind dort, und viele Hunde, die alle so ähnlich aussehen wie ich. Manche sind kleiner als ich, viele haben längere Haare als ich, ein paar haben eine lustig gekringelte Rute, aber einige sind genau so wie ich: Große Schweizer Sennenhunde.

Wir dürfen uns in einen Pavillon zu fremden Leuten und deren Hunden setzen, und nach und nach lerne ich alle kennen.

Da ist Benji, von dem alle sagen, er sei ein Veteran. Ich weiß nicht, was das ist, und der nette Benji erklärt es mir. Er meint aber, er fühle sich mit seinen 11 Jahren immer noch sehr gut und würde das später auch noch allen beweisen.

Dann ist da Jette, die ein bisschen älter ist als ich und die mir erzählt, dass sie es eigentlich nicht so toll findet, wenn ein Fremder ihr ins Maul fasst, um ihre Zähne anzuschauen, aber dass sie ihrem Herrchen heute eine Freude machen und es geduldig zulassen will.

Daneben sitzt Levi, der immer meckert, wenn sein Frauchen ihn zu lange nicht beachtet, weil sie zu sehr mit ihrem Fotoapparat beschäftigt ist.

Im Laufe des Tages lerne ich noch mehr nette Hunde und ihre Menschen kennen, und ich finde alles sehr interessant.

Insgesamt bin ich sehr gehorsam und brav.

Ich verrate auch nichts, als Benji seinen Kopf in unseren Rucksack steckt, weil er die Würstchen darin gerochen hat. Leider hat die Bezopfte das ebenso schnell bemerkt wie meinen Versuch, ein Stück Kuchen aus der fremden Klappkiste, die neben mir steht, zu stibitzen.

Dann wird die Bezopfte plötzlich zappelig, nimmt meine Leine und eilt mit mir in eins dieser abgetrennten Vierecke. Zunächst müssen wir uns mit anderen Hündinnen, die genauso alt sind wie ich, in einer Reihe aufstellen, und eine fremde Frau schaut einer nach der anderen ins Maul. Das kenne ich schon, das hat die Bezopfte mit mir geübt, und die Frau ist auch ganz begeistert von mir und meinen schönen Zähnen.

Danach müssen wir einige Runden laufen, und damit die Frau, die uns dabei beobachtet, weiterhin ganz begeistert von mir ist, zeige ich, was ich alles kann:
Ich, Adelgunde, mache die schönsten Hüpfer und die weitesten und höchsten Sprünge von allen. Die Bezopfte spornt mich immer weiter an. „Springen", sagt sie, „springen!" Was ich dann natürlich auch mache.
Die Bezopfte ist ganz aus der Puste und bekommt langsam einen roten Kopf. Wenn wir zuhause ein paar Runden laufen, hat sie das nicht. Aber da zeige ich auch nicht meine Qualitäten als Hoch- und Weitspringerin. Es wird ihre Freude sein, die sich so äußert.
Dann verlassen wir das abgetrennte Viereck, von dem ich inzwischen weiß, dass es ein „Ring" ist, und die nette Frau, die die Ringrichterin ist, sagt, sie hätte

mich gerne unter den ersten Vier gesehen, aber ich wäre zuviel herumgehüpft. Was soll das denn bitte heißen?!

Später meint Benji, die Bezopfte hätte „NICHT springen!" gesagt. Das muss ich in meiner Freude doch glatt überhört haben. Dann meint er, ob ich nicht gesehen hätte, wie schön und manierlich er durch den Ring gelaufen sei, und nur dafür gäbe es Pokale.

Dann sind Jette und Levi dran und zeigen mir, wie man sich im Ring benehmen muss, damit die Ringrichterin sich freut. Levi macht das sogar so gut, dass er den 1. Platz erreicht und sich von nun an Champion nennen darf.

Offensichtlich muss ich noch viel lernen und üben. Das meint auch die Bezopfte und verabredet sich spontan mit den anderen für die nächste Hundeausstellung.

Aber so ganz enttäuscht ist die Bezopfte von mir wohl nicht, denn ich bekomme von ihr ein schickes, neues rotes Halsband mit weißen Schweizer Kreuzen drauf. Wenn ich das den Daheimgebliebenen zeige, wollen die mit Sicherheit auch so eines haben.

Spät am Nachmittag geht es dann zurück nach Hause, und tatsächlich schlafe ich auf der Fahrt ein und werde erst wach, als unser Auto vor unserer Garage steht.

Tante Lotte zwickt mir vor lauter Wiedersehensfreude ins Bein, und dann wollen alle hören, was ich so erlebt habe.

Mein Blick fällt auf die Pokale und Schleifen, die unsere Diele schmücken, und plötzlich weiß ich, was sie bedeuten.

Die nächste Schleife, die die Bezopfte dort aufhängt, wird meine sein, das schwöre ich.

gez. Adelgunde

Sonntag, 15.10.2017, Bundessiegerschau Dortmund

Adelgunde hat ihren Schwur gehalten:
Seit heute hängt ihre erste Schleife in unserer Diele!

Herbstabend

Auf einer unserer üblichen Spazierrouten liegt am Rand des Aachener Waldes ein gut besuchtes Restaurant.
Die Küche des Restaurants liegt im Keller, und die Küchenfenster befinden sich etwa auf der Höhe des

Gehwegs, so dass man, wenn man im Vorbeigehen von oben in den Raum hineinschaut, von dem dort arbeitenden Personal nur Kopf und Brust sehen kann.

An einem schönen Abend im Herbst wähle ich mit Tante Hedwig an der Leine die Route, die an besagtem Restaurant vorbei führt.

Zu dem Zeitpunkt, an dem Tante Hedwig und ich die Szene betreten, macht der Koch gerade eine kurze, wohlverdiente Pause von seiner alltäglichen Hektik. Er steht mit einem Glas Wasser in der Hand an einem der weit geöffneten Küchenfenster und atmet mit dem kühlen Herbstwind, der zu ihm hereinstreicht, den tiefen Frieden der stillen Herbstnacht. Nur der verhaltene Ruf eines Käuzchens weht von irgendwo herüber. Der Lichtschein aus der Küche wirft einen kleinen, hellen Halbkreis auf den Gehweg. Sonst ist alles dunkel. Für einen Moment vergisst der Koch seinen Stress, für ihn steht die Welt in diesem Augenblick still.

Jedes andere Individuum würde leise und ohne zu stören weitergehen.

Nicht so Tante Hedwig. Sie erfasst mit einem einzigen Blick die gesamte Situation.

Sie verhält einen Wimpernschlag im Schritt, und dann, bevor ich überhaupt reagieren kann, springt sie mit lautem Getöse - „Waahu wuhuhu" - ein schwarzer Schatten aus dem Dunkel heraus - diesem körperlosen und deshalb äußerst verdächtigen Wesen mit allem Nachdruck beinahe ins Gesicht.

Ich kann sie gerade noch an der Leine zurückhalten, damit sie nicht hinunter in die Küche springt, aber für den Koch ist es zu spät. Diesem jähen Angriff einer entsetzlichen Kreatur aus dem Nichts heraus ausgesetzt und zu Tode erschrocken, macht er einen Satz vom Fenster weg nach hinten, und sein Wasserglas fliegt in hohem Bogen durch die Luft und zerschellt auf den Fliesen.

Tante Hedwig hat die Situation zu ihrer Zufriedenheit gemeistert und schweigt, ich platze beinahe vor unterdrücktem Lachen, und uns bleibt nur die Flucht ins schützende Dunkel der Nacht, in der Hoffnung, dass uns niemand gesehen oder zumindest niemand erkannt hat.

Am nächsten Tag entschuldige ich mich mit einem großen Blumenstrauß bei dem Koch des Restaurants.
Er ist nicht nachtragend und nimmt meine Entschuldigung an.
Aber seitdem bleiben seine Küchenfenster konsequent geschlossen.

Samstag, 04.11.2017

Heute ist der beste aller Fritzleins bereits acht Jahre alt.
Acht Jahre treu zu meiner Seite
acht Jahre lieb und nie ungehorsam
acht Jahre souverän und unbestechlich
acht Jahre bedingungsloses Vertrauen
acht Jahre auf sanften Riesenpfoten
acht Jahre ein Blick zum Steinerweichen
acht Jahre Gesundheit und Wohlbefinden
Danke für acht wunderbare Jahre!
Danke für Adelgunde und die anderen tollen Kinder!

*****

Warnung an die Bezopfte:
Halt bloß deine Hände still!
Ich werde mich weigern, mit einem lustigen Hütchen, einer roten Schleife um den Hals oder ähnlich albern ausstaffiert das Haus zu verlassen!
gez. Fritz

*****

Mein Mann und ich sind mit dem Auto unterwegs. Ich gebe meinem Mann einen Keks. Mein Mann beißt ein Stück davon ab und hält dann die andere Hälfte des Kekses nach hinten.
Auf meine Frage „Was machst du denn da?" antwortet er: „Na, den Hunden was abgeben."
Aha.
Die Hunde sind aber gar nicht dabei. Die sind zuhause.

*****

Am Abend steht Kartoffelsalat mit Würstchen auf dem Speiseplan.
Beim Verteilen der heißen Würstchen auf die Teller passiert mir ein Missgeschick: ein Würstchen rollt vom Teller und fällt auf die Küchenfliesen. Tante Hedwig - immer bei Fuß, wenn jemand in der Küche ist - reagiert sofort und inhaliert das heiße Würstchen, bevor ich sie davon abhalten kann. Adelgunde und Tante Lotte, die sofort heranstürzen, gehen leer aus.

118

Ein paar Minuten später am Esstisch sitzt Tante Hedwig neben meinem Stuhl und erbricht sich, während wir essen, unvermittelt unter den Tisch.

Aha, denke ich, das Würstchen war wohl doch zu heiß und musste wieder raus.

In aller Seelenruhe beuge ich mich hinunter, um mir das Malheur näher anzusehen, esse dabei aber mit Appetit weiter.

Das Würstchen hatte Tante Hedwig wohl, ohne zu kauen, im Ganzen verschluckt. Jetzt liegt es in drei Teilen auf dem Teppich, garniert mit ein paar glasig angedauten Möhrenstückchen.

Die übrigen vierbeinigen Mitbewohner pirschen sich neugierig an, aber Tante Hedwig knurrt; gleichzeitig testet sie, ob das Würstchen jetzt eine ihrem Magen verträglichere Temperatur hat.

Der Hausherr beginnt mit vollem Mund einen Vortrag darüber, dass das Schlucken und Wiederhochkommen von heißer Nahrung in Schlund und Speiseröhre eines Hundes schweren Schaden anrichten kann. Tante Hedwigs Verhalten signalisiert uns jedoch, dass sie keinen weiteren Schaden genommen hat. Sie genehmigt sich das Würstchen und auch die Möhrenstücke just in diesem Moment zum zweiten Mal. Auf dem Teppich bleibt nur ein feuchter, dunkler Fleck zurück.

Wir beobachten die gesamte Szenerie und lassen uns, davon gänzlich unbeeindruckt, unser Essen weiter schmecken.

Dann schießt mir der Gedanke durch den Kopf, dass die langjährige Haltung von Hunden wohl irgendwann zwangsläufig zu einer Abhärtung der Halter und zu einer sehr hohen Akzeptanz von Unappetitlichkeiten führt, für die normalen Menschen wahrscheinlich jegliches Verständnis fehlt.

*****

Als Adelgunde wieder einmal den Fritzenkorb wider-
rechtlich in Besitz nehmen will, muss sie feststellen,
dass ich ein neues, weiches Kissen in den Korb gelegt
habe.

Das gefällt ihr ganz und gar nicht, und sie versucht
einige Minuten vergeblich, dieses Ärgernis durch
Scharren und Zerren aus der Welt, sprich aus dem
Korb zu schaffen.

Dann erscheint sie in der Küche, um sich bei mir zu
beschweren.

Ich habe nicht gewusst, dass die liebreizende Adel-
gunde mit ihrem sanften Gesicht dermaßen giftige
Blicke werfen kann. Ihr Augenausdruck steht dem
Killerblick von Tante Hedwig in nichts nach, und in
diesem Moment sehe ich die Ähnlichkeit zwischen
Mutter und Tochter.

Ich sitze vor dem Kaminofen, einen Hund in jedem Arm und zwei weitere zu meinen Füßen, und blicke in die Flammen.

In Gedanken lasse ich die vergangenen Monate noch einmal an mir vorbeiziehen.

Zu dieser Zeit vor genau einem Jahr tobten hier acht kleine muntere Hundekinder durch das Haus, aufgeweckt, neugierig, gespannt auf das Leben und seine Abenteuer.

Wir hatten wenig Schlaf und viel Arbeit, kleine Nöte und große Freude.

Jetzt haben wir einige graue Haare mehr, aber auch viele schöne Erinnerungen.

Der Abschied von den Kleinen ist uns sehr schwer gefallen. Das Wissen, dass die Kleinen in die Welt hinausziehen müssen, und die Entscheidung, dass wenigstens die kleine Adelgunde hierbleibt, haben es uns jedoch ein wenig leichter gemacht.

Ruhiger wurde es nach dem Auszug der Welpen nicht, aber anders.

Der große Fritz ist den Hündinnen gegenüber aufgeschlossener und zugänglicher geworden. Er balgt sich mit ihnen um das Zerrseil und lässt zu, dass Adelgunde sich zu ihm auf sein Kissen legt.

Tante Hedwig hat ihre Rolle als Mutter gewissenhaft und vorbildlich erfüllt. Seitdem ist sie ruhiger, gelassener und ernsthafter, aber auch anhänglicher. Sie hat nicht vergessen, dass sie in den anstrengenden Stunden ihrer Niederkunft auf unsere Zuwendung und Hilfe zählen konnte.

Tante Lotte ist in ihrem Element. Jederzeit steht Adelgunde ihr als williger Spielkamerad zur Verfügung. Tante Lotte ist genau so alt wie ihre Schwester, aber immer noch unser stets gut gelaunter Kasper, der bereits morgens um 5:30 Uhr, wenn der Wecker klingelt, zum Spielen bereit ist.

Und Adelgunde? Adelgunde hat das Selbstbewusstsein ihrer Mutter ebenso geerbt wie den lieben, ruhigen Charakter ihres Vaters. So hatten wir es bei der Verpaarung geplant, und so ist es eingetreten. Mit diesem Naturell wickelt die junge Dame natürlich alle um ihre kleine Pfote. Darüber hinaus blieb ihr der erste schreckliche Einschnitt im Leben eines Welpen, die abrupte Trennung von Mutter und Geschwistern und das Hineingestoßen-Werden in eine völlig fremde Umgebung, erspart. Adelgunde hat das Urvertrauen, das jeder Welpe besitzt, bevor er aus seiner kleinen Welt heraus gerissen wird, nicht verloren. Für sie ist das ganze Leben ein Spiel und wird es - hoffentlich - auch immer bleiben.

Im Kaminofen knistert es, die Flammen flackern auf. Tante Lotte war kurz draußen und kuschelt sich jetzt wieder neben mir auf das Kissen.

Einige Kameraden aus unserer weit verstreuten Familie gut bekannter und befreundeter Großer Schweizer Sennenhunde haben uns in diesem Jahr verlassen. Ob schon alt oder noch jung, spielt keine Rolle - sie gehen immer zu früh. Für sie habe ich eine Kerze angezündet und ins Fenster gestellt. Auch wenn längst andere Hunde ihren Platz eingenommen haben, werden wir sie nie vergessen. Sie sind immer da, sie haben einen festen Platz in unseren Herzen, solange unsere Erinnerung sie trägt.

Ich weiß nicht, was die Zukunft bringen wird, was im nächsten Jahr um diese Zeit sein wird. Werden wieder Welpen das Haus bevölkern, den Wohnzimmerteppich

122

ruinieren und ihre Wurmkur verweigern? Wird Tante Lotte weiter unser lustiger Hausclown sein und zusammen mit Tante Hedwig und Adelgunde durch den Garten tollen? Wird der große Fritz auch im nächsten Jahr noch ein Rüde in den besten Jahren sein?

Vielleicht ist es gut, dass ich nicht weiß, was uns erwartet. Manchmal beneide ich unsere Hunde; sie leben im Hier und Jetzt und sorgen sich nicht um morgen. Aber wahrscheinlich beneiden unsere Hunde uns ebenfalls - weil wir im Gegensatz zu ihnen den Kühlschrank und die Dose mit den Hundekeksen öffnen können.

Tante Hedwig seufzt im Schlaf. Adelgunde hat sich auf den Rücken gedreht. Ich lege meine Hand auf ihre Brust, fühle das leise Pochen ihres Herzens und staune wie so oft über dieses Wunder, das aus einem winzigen Wesen, das in meiner Handfläche Platz hatte, eine kräftige Hündin gemacht hat.

Fritz schnarcht leise.

Tante Lotte träumt und wedelt dabei mit ihrer Rute.

Ich lege noch ein Holzscheit nach und denke, wenn wir nächstes Jahr um diese Zeit alle so gesund und zufrieden sind wie jetzt, dann ist es gut.

Adelheids Seifenmanufaktur

Pflegen - Schützen - Verwöhnen

In Adelheids Seifenmanufaktur finden Sie
verschiedenste Seifen für Zwei- und Vierbeiner,
Pfotenbalsam, Pflegecremes und vieles mehr,
was Haut und Fell gut tut.

Alle Produkte werden sorgfältig
von Hand gefertigt und enthalten
nur natürliche Zutaten.

Es werden keine tierischen Fette und
keine Erdöl-Derivate oder sonstigen chemischen
Erzeugnisse verwendet,
keine Konservierungsstoffe und
keine künstlichen Farbstoffe.

Die Produkte wirken durch wertvolle Öle,
beste Inhaltsstoffe
und optimale Hautverträglichkeit.

Natürlich   für Haut und Fell

www.adelheids-seifenmanufaktur.de